Stephan Schäfer-Mehdi

Tod in den Bergen

Herstellung und Verlag:
BoD - Books on Demand, Norderstedt
ISBN 978-3-7386-0625-6

Stephan Schäfer-Mehdi

Tod in den Bergen

Eine Kriminal-Novelle

Eine kleine Widmung

Der Text hat lange geschlummert. Jetzt wecke ich ihn einfach mal. Mal schauen, was passiert. Vor 30 Jahren habe ich mir die Kerngeschichte ausgedacht. Dann wollte ich ein paar Jahre meinem damaligen Idol Eric Ambler nacheifern. Und es wurde eine immerhin umfangreiche Erzählung daraus. Vor dem Begriff „Roman" scheue ich mich bis heute, selbst „Kriminalroman" ist mir bis heute zu hochgegriffen.

Ich wünsche den Lesern, die die Erzählung findet, den Spaß, den ich beim Ausdenken und Schreiben hatte. Inspiriert ist die Geschichte von der realen Berliner Hütte, die man heute noch im Zillertal besuchen kann. Bei den historischen Ereignissen und Fakten habe ich mich um größtmögliche Authentizität bemüht. Der Rest ist frei erfunden.

Eine anständige Widmung gehört aber auch zu einem Buch. Ohne meine damalige Lebensgefährtin Susanne und ihre Schwester Martina, die mich immer nervten Krimigeschichten zu erfinden, wäre mein Urlaub im Zillertal 1970 nur eine schwache Erinnerung geblieben. Ohne die Zeitzeugenerzählungen meines Vaters aus den 30er und 40er Jahren hätten auch wichtige Inspirationen gefehlt.

Ansonsten widme ich dieses Buch meiner Familie. So wird nicht nur ein Fachbuch mit meinem Namen verbunden sein, sondern auch eine Geschichte. Ob sie gelungen ist, entscheide nicht ich.

Buch 1

I.

Wie ein Berserker stürmte ich die Treppe hinauf. Durch die Halle tönte es aus allen Lautsprechern: „...nach Innsbruck, Kurswagen nach Zürich. Bitte Vorsicht bei der Abfahrt."

Ich konnte mich gar nicht so schnell entschuldigen, so viele Reisende rempelte ich an. Der Zug setzte sich in Bewegung, als ich gerade den Bahnsteig erreichte. Jetzt bekam ich auch noch Seitenstiche. Am letzten Waggon sprang ich auf das Trittbrett, klammerte mich mit einer Hand an der Griffstange fest und riss den Türgriff herunter. Der Zug hatte schon ein ganz schönes Tempo erreicht.

„Nur nicht hinunterschauen."

Die Tür ging auf und jemand griff mir unter die Arme. Ich flog förmlich auf die Plattform. Die Tür schloss sich hinter mir.

Mein Herz pochte, die Seitenstiche peinigten mich und außer Atem war ich auch.

„Das ist nicht nur gefährlich, es ist auch verboten." Der hilfreiche Mensch war ausgerechnet der Zugschaffner, der mich nun umso misstrauischer anschaute. „Ihre Fahrkarte bitte."

Ich setzte meine Reisetasche auf den schmutzigen Waggonboden und fischte die Brieftasche aus meiner Jackentasche.

Was sollte ich ihm entgegnen, er hatte ja Recht. Der Zug war schon in Bewegung gewesen, und ich konnte von Glück sagen, ihn überhaupt erwischt zu haben. Laut ratternd fuhr er jetzt über eine Unzahl von Weichen. Ich erhielt meine Fahrkarte zurück. Wenigstens die hatte ich noch am Schalter lösen können.

Der Mittagsexpress nach Innsbruck bestand fast nur aus Großraumanhängern. Lediglich für die Reisenden Erster Klasse gab es Abteile. Direkt hinter der Lok war es noch am leersten, und ich suchte mir einen halbwegs ruhigen Platz am Fenster. Der Zug fuhr an einem Stellwerk im Vorfeld des Wiener Westbahnhofs vorbei. Ich schaute auf die Uhr.

Noch nicht einmal eine Stunde war es her, dass in der Redaktion des Wiener Morgen die Meldung über den Fernschreiber getickert war.

Schicksal oder Fügung, ich hatte Glück gehabt, dass ich den ganzen Vormittag vor dem Büro des Chefredakteurs herumlungerte. Ich stand direkt neben der Maschine, als der Lüfter lautstark ansprang, und das Typenrad anfing loszurattern. Zeile für Zeile las ich die Nachricht, an der ich aber nach dem ersten Satz schon jegliches Interesse verlor, was beweist, dass mein journalistischer Instinkt mich manchmal im Stich lässt.

```
*** Innsbruck. Im Gletschergebiet des Horn-
kees, in den Zillertaler Alpen, fand eine
Münchner Seilschaft die Leiche eines Berg-
steigers. Bislang konnte sie noch nicht
identifiziert werden, da weder eine aktuel-
le Vermisstenmeldung vorliegt noch eine
frühere Personenbeschreibung zutrifft. ***
```

Ein abgestürzter Bergsteiger in den Alpen ist nichts Außergewöhnliches, besonders in den Sommermonaten. Spätestens, wenn man die Leiche als den Zahnarzt Dr. Schramm aus Graz oder den Studienrat Hubel aus Schweinfurt identifiziert hätte, das Interesse der Polizei und auch das der Medien wäre ruckzuck auf Null.

Ganz automatisch riss ich das Fernschreiben ab und legte es meinem Freund Vraniki, einem der Sportredakteure, auf den Schreibtisch.

„Hier ist etwas für Dich."

Es sollte ein Scherz sein, denn Bergsteigen hatte ja etwas mit Sport zu tun. Aber er gefiel ihm nicht, denn er fuhr selbst öfter zum Bergsteigen ins Zillertal. Gelangweilt gab er es mir zurück.

Im Büro des Chefs klingelte das Telefon; ich hörte undeutlich seine Stimme durch die dünne Wand, die sein Büro von dem Großraumbüro der restlichen Redaktion trennte, aber verstehen konnte ich nichts.

Ich trieb mich nahezu täglich in der Redaktion herum, in der Hoffnung, einen Artikel zu ergattern, für den die festen Schreiberlinge mit anderen Dingen zu beschäftigt waren. An dem morgendlichen Ritual der Redaktionskonferenzen durfte ich als freier Mitarbeiter nicht teilnehmen, obwohl dort die besten Themen vergeben wurden.

Magister Prochaska, der Chefredakteur, riss die Tür von seinem Büro auf.

„Welcher Trottel hat das Fernschreiben aus Innsbruck versackt?"

Blitzschnell reagierte ich und drückte ihm das Schreiben in die Hand; einen Augenblick später saß ich ihm an seinem Schreibtisch gegenüber. Über einen Lautsprecher verfolgte ich das Telefongespräch mit Pürschel, einem Lokalredakteur der Tiroler Heimat. Er war unserem Blatt sehr verbunden, denn eine Story an den Wiener Morgen zu verkaufen, war für ihn eine lukrative Nebeneinnahme.

Sein Anruf hatte mit dem abgestürzten Bergsteiger zu tun. Es war sehr mysteriös, was er uns berichtete. Die erste Leichenschau hatte ergeben, dass der Leichnam über vierzig Jahre im ewigen Eis eingeschlossen war. Aber es fehlte jeder Anhaltspunkt. Der Polizeihauptmann, der für Vermisstenmeldungen und Identitätsermittlungen zuständig war, schien überfordert.

Es versprach keine Routinesache zu sein. Vielleicht eine Spitze vom Eisberg der sensationellen Story vom „tiefgefrorenen Toten"

„Bei einer anderen Gelegenheit hatte ich Pürschel kennengelernt. Er entpuppte sich sehr schnell als einer jener Reporter, die neidisch auf den reisserischen Ton der Sensationsblätter sind, zu denen auch der Morgen gehört. Zu jeder unpassenden Gelegenheit müssen sie ihre Sensationsgier nebst dem gemäßen Jargon demonstrieren. Dieses Gehabe sollte mir in Innsbruck noch gehörig auf die Nerven gehen.

Prochaska hatte den Hörer aufgelegt und dachte eine Weile still nach.

Zu meinem Glück weilte in Wien gerade ein hoher Staatsgast aus dem Mittleren Osten. Die Truppenreduzierungsverhandlungen begannen gleichzeitig eine neue Runde, ein Wirtschaftsskandal stand in der Reife, Kreisky grantelte öffentlich, und der Bundespräsident wurde von einigen weiteren Staaten dieser Erde zur „unerwünschten Person" erklärt. Prochaskas Problem war offensichtlich.

„Ich könnte ja...", doch bevor ich meinen Vorschlag ausführen konnte, fiel er mir schon ins Wort.

„Wenn man jemanden braucht, ist keiner da. Dann fahren halt Sie, aber rapide. Sonst hängen Sie eh nur hier herum."

So saß ich also unverhofft im Zug nach Innsbruck, nur zweiter Klasse, aber immerhin auf Spesen und mit einem gesicherten Einkommen für die nächste Zeit.

Ich war damals nur ein kleiner Journalist. Es war für mich nicht leicht, dazu als Bundesdeutscher, in Wien Fuß zu fassen. Dem einheimischen Jargon konnte ich mich nicht so recht anpassen, vielleicht wollte ich es gar nicht. Folglich bekam ich nur selten einen Artikel unter, der mir selbst gefiel. Als „Springer" schrieb ich manchmal für drei Wiener Zeitungen, als „unser Gerichtsberichterstatter" über die kleinen Raubfische der Zivilisation, die Ladendiebe, Schwarzfahrer und harmlose Betrüger. Gelegentlich recherchierte ich für ein Hamburger Nachrichtenmagazin. Das war leicht, denn in den Redaktionen konnte man viel aufschnappen. Doch meinem Ruf war das nicht unbedingt förderlich. Wenn ich doch keine Zeile unterbekam, dann las ich zum Überleben die Handelsregisterauszüge Korrektur, wovon ich damals, wie ich zugeben muss, viel zu häufig meinen Hauptlebensunterhalt bestritt. Doch ein wenig hatte sich meine Situation schon gebessert. Immer öfter fiel im Wiener Morgen etwas für mich ab.

Daher hatte ich es heute nicht schlecht getroffen. Ein wenig würde die Geschichte schon hergeben, Stoff für den Ehrgeiz und Spesen fürs Leben. Vielleicht konnte ich sie sogar zu einer kleinen Serie in die Länge ziehen. Meinetwegen durfte der Ausflug aus dem alltäglichen Kleinkram einige Tage dauern. Ich ging in den Speisewagen.

Vor Salzburg hatte der Regen angefangen. Ich kam selten nach Tirol, aber immer hatte es geregnet.

Eigentlich ist die Stimmung im Zug nicht ungemütlich, wenn es aus dunklen Regenwolken feste auf das Dach des Waggons prasselt und dicke Regentropfen auf die Scheiben spritzen. Nur möchte man in solcher Stimmung alleine und ungestört in einem Abteil sitzen. Leider hatte ich auch noch einen Korridorzug erwischt, der bei Salzburg über die österreichisch-deutsche Grenze fährt. Früher interessierte dieser „Niemandszug" nicht. Keiner der Fahrgäste betrat deutschen Boden; nur in Rosenheim hielt der Zug, von gelangweilten Grenzschützern unlustig beäugt, für einen Lokwechsel. Seit der Terroristenhysterie kontrolliert der Bundesgrenzschutz regelmäßig die Papiere der Reisenden. Vier oder fünf uniformierte Beamte gehen von Abteil zu Abteil, Pech für den, der seine Papiere nicht dabei hat, weil er dachte, er führe von einer österreichischen Stadt im Osten in eine im Westen. Dass dem nicht so ist, bekommt er dann korrekt, aber genüsslich auseinandergelegt, während die Daten des Führerscheins oder des Presseausweises misstrauisch aufgeschrieben oder per Funk nach irgendwohin weitergegeben werden. Mir ist das schon zweimal passiert. Ein Vergnügen ist es wirklich nicht.

Es war schon fast dunkel, als der Zug in den Innsbrucker Hauptbahnhof einlief.

II.

Auf dem Bahnsteig erwartete mich Pürschel und winkte mir mit einem Lodenhut zu. Im Gegensatz zu mir hatte er mich sofort wieder erkannt. In Wien hatte er etwas anders ausgesehen.

Pürschel hatte meine Größe, war Mitte 40, kahlköpfig und sehr blass. Er trug eine grüne Lodenjoppe, dazu Kniebundhose und den Trenkerhut, mit dem er mir zugewinkt hatte. In der Hand hielt er einen Schirm, von dem noch das Wasser auf den Bahnsteig troff. Sein äußeres Habit passte so gar nicht zu den Keckheiten am Telefon. Wir hatten die „Grüß Gott's und 'wie war die Fahrt, angenehm, was macht der vom Kurier und der von der Kronen." noch nicht ganz ausgetauscht, da hatte er mich schon durch die Bahnhofshalle zu seinem Parkplatz bugsiert.

Er gehörte zu den Typen, die einem zwar den Schirm hinhalten, aber man wird trotzdem durchnässt, während er absolut trocken bleibt. Das machte ihn mir nicht gerade sympathisch. Dabei hatte ich mir vorgenommen, ihn nicht nach seinem Äußeren zu beurteilen. Überhaupt, wer es in diesem triefenden Teil der Welt aushalten kann, hat bei mir schlechte Chancen auf ein gerechtes Urteil.

Es regnete noch immer in Innsbruck. Ich saß in dem kleinen Frühstückssaal meines Hotels und schaute durch das Fenster auf den Bahnhof. Einige Waggons wurden gerade rangiert, aber das Quietschen und Rattern war durch die dicken Fenster nicht zu hören. Pürschel wollte um halb zehn kommen, um mit mir zur Universitätsklinik zu fahren.

Gestern hatte ich nicht mehr viel in Erfahrung gebracht. Pürschel war mit mir vom Bahnhof direkt zur Bundespolizeidirektion gefahren. Ich hatte gerade zwanzig Minuten, um mich mit Major Schremser, der den Fall bearbeitete, zu unterhalten. Er war wohlwollend, aber sein Dienstschluss schien ihm wichtiger. Schremser war ein jung-dynamischer Polizeibeamter, blond, Ende dreißig, mit modischer Lederjacke und sonnengebräunt, was mich angesichts des Lokalklimas doch sehr verwunderte.

Er berichtete mir rapportartig, was die Polizei bisher herausgefunden hatte.

Der Tote war am Gletschertor des Hornkees gefunden worden. Die Seilschaft, die die Leiche entdeckte, war so entsetzt, dass ihr nichts Besonderes an der Kleidung des Toten auffiel. Die Bergwacht achtete auch nicht weiter auf ihn, denn es war Wochenende und es gab viele Einsätze. Ein Rettungshubschrauber wurde zur Bergung herbeigerufen und brachte die Leiche nach Innsbruck. Erst einem Mediziner im Gerichtsmedizinischen Institut der Universitätsklinik fiel auf, dass dem Toten die Schuhe fehlten und seine Kleidung überhaupt etwas altertümlich anmutete. So stellte man also fest, dass er schon vor einigen Jahren auf dem Gletscher umgekommen sein musste. Vom Eise konserviert war er zu Tal transportiert worden. Der Berg hatte ihn wieder hergegeben.

An dem altertümlichen Schuhwerk, das ein Bergwachtmann kurz nach der Bergung fand und zur Polizei gab, hätte man das sicher früher erkennen können. Schremser erzählte mir, so ein Fall sei nicht einmalig, in Zermatt habe man im vorigen Sommer einen Toten gefunden, der um die Jahrhundertwende abgestürzt war und seither vermisst wurde.

„Ich bin sehr zuversichtlich. Die Leiche ist innerhalb von einer Woche identifiziert."

So selbstbewusst und herablassend, wie er das vortrug, konnten keine Zweifel aufkommen.

„Die alten Hüttenbücher und alte Zeitungsmeldungen forsten wir gerade systematisch durch. Außerdem ist der Tote Mitglied des Alpenvereins gewesen, das haben wir an einem verschrammten Abzeichen erkannt."

Dann ginge man daran, die Identität anhand von Röntgenaufnahmen zu verifizieren. Schremser brachte mich zur Türe, die mir für meinen Geschmack etwas schnell ins Schloss fiel.

Ich war enttäuscht, also doch eine Art Dr. Schramm aus Graz. Das einzig Mysteriöse blieb die Tatsache, dass er schon seit vierzig

Jahren tot war. Pürschel musste meine Gefühle bemerkt haben, als ich zu ihm ins Auto stieg. Er versuchte mich zu trösten.

„Morgen bringe ich Sie zur Tiefkühlabteilung der Uniklinik. Dort können Sie sich den Korpus ja mal anschauen. Soll ich einen Fotografen mitbringen?"

Ich winkte ab. Er brachte mich in seine Redaktion und ich konnte dort den ersten und einzigen von mir verfassten Artikel über die Geschichte per Telex nach Wien senden, noch rechtzeitig für die nächste Ausgabe. Mehr hatte der erste Tag in Innsbruck nicht gebracht.

Pürschel kam endlich und setzte sich zu mir. Er bestellte sich einen Tomatensaft mit Salz und Pfeffer, den er mit der Grandezza eines Weltreisenden trank. Ich hätte lieber einen Grog bestellt, denn mir war in dem schlecht geheizten Raum recht frisch.

Er hatte schon die Pläne für den Tag gemacht, mich eingeschlossen. Dabei bot er mir an, für unsere beiden Zeitungen gemeinsam zu schreiben.

„Ich bringe die aktuellen Aspekte: Interview mit der Bergwacht, dem Helikopterpiloten, Fotos vom Fundort, von den Bergen, von der Seilschaft."

Die Ideen sprudelten nur so hervor.

„Du recherchierst über die Vergangenheit."

Mir gefiel sein Vorschlag nicht schlecht, aber erstmal wollte ich auf eigene Faust etwas mehr erfahren. Ich lenkte ab und redete über das Wetter, für das er sich überschwänglich entschuldigte, als sei er dafür verantwortlich.

Wir fuhren durch den Regen zur Klinik. Von den Bergen, jenseits des Inn, war nichts zu sehen, so tief hingen die Wolken.

Pürschel kannte sich genau aus und führte uns direkt in das Gerichtsmedizinische Institut. Dort erwartete uns bereits ein Mediziner. Dr. Heinrichs war nicht älter als ich, schwarzhaarig mit südlichem Teint. Er gab sich sehr sportlich und sehr selbstsicher.

In einem riesigen gekachelten Raum waren längs der Wände unzählige Türen aus Edelstahl. Es sah fast so aus, als habe ein italienischer Designer einen Friedhof entworfen, mit all den kleinen Grabkammern. Statt persönlicher Daten trugen die blinkenden Türen nur Nummern.

Durch eine Stahltür ging es in einen Autopsieraum. Der unbekannte Tote lag, zugedeckt mit einer weißen Plane, auf einem Tisch.

„Wir haben ihn wieder etwas hergerichtet", entschuldigte sich Dr. Heinrichs.

„Wir haben ja schon mit der Autopsie begonnen."

Er schlug die Plane zurück. Vor mir lag der nackte Körper eines etwa fünfzigjährigen Mannes, leicht untersetzt, mit auffällig starken Knien. Man konnte wirklich nicht erkennen, dass er schon vierzig oder fünfzig Jahre tot war. Die Haut wirkte etwas schlabberig, und das Gesicht war durch eine Verletzung leicht entstellt.

Der Arzt begann seine Erklärungen, die mich schamlos anmuteten. Er zeigte, fast obszön, auf den nackten Körper. Ich war noch nie in einem Autopsiesaal gewesen. Das Wissen von den Leichen in den Stahlkammern, der hinterhältig beißende Geruch eines Desinfektionsmittels und der aufgebahrte nackte Körper trieben mir das Blut aus dem Kopf, direkt in die Magengegend. Mir wurde speiübel. Pürschel schien die Situation eher zu gefallen. Er unterbrach den Arzt öfter, um unbedeutende Fragen zu stellen.

Der Tote, so hatte man ermittelt, musste etwa im Sommer 1936 verunglückt sein. Ein Sturz aus hoher Höhe hatte ihm die Schädelbasis und drei Halswirbel gebrochen. Die Verletzung des Gesichts konnte von einem Stein herrühren, auf den er gefallen war.

„Der Hornkees, der Fundort der Leiche, führt an den Seiten viel Geröll mit", erklärte Dr. Heinrichs.

„Ich kenne die Gegend von einigen Bergtouren. Anhand von eingefrorenen Blütenpollen, die wir am Körper fanden, erhoffen wir uns eine exaktere Analyse."

Dann machte er uns noch auf verschiedene Prellungen aufmerksam, deren Blutergüsse das Eis konserviert hatte.

„Wir müssten nur die Speisekarten der Hotels überprüfen, dann wüssten wir es ganz genau."

Pürschel und ich schauten ihn überrascht an.

„Ja, sehen Sie, wir haben natürlich auch den Mageninhalt, der konserviert war, unter die Lupe genommen. Die Ergebnisse der

Analysen lassen einen Rückschluss auf das zu, was er selbst noch am Vortag gegessen hat. Selbst den Wein, den er dazu getrunken hat, können wir bestimmen. Ziemlich viel hat er davon genossen, denn im Blut fand sich noch jede Menge Restalkohol. Der Mageninhalt war noch erstaunlich gut erhalten"

Man kann nicht erwarten, dass ein halbwegs sensibler Mensch einem solchen Vortrag in der Atmosphäre einer Leichenhalle länger als drei Minuten folgen kann. Ich befürchtete schon, den Weg an die frische Luft nicht mehr zu schaffen. Mit einem halbumgedrehten Magen wankte ich durch das Labyrinth der hochmodernen Klinik. Nur halb zurechnungsfähig fand ich zum Empfang. Wäre mir Pürschel nicht gefolgt, es hätte nicht viel gefehlt und man hätte mich als Notfall einliefern können. Er schwieg taktvoll, grinste aber hämisch.

„Hier kriegen wir nichts zu trinken!" Wir gingen in eine nahe gelegene Studentenkneipe und ich trank erst mal einen großen Enzian.

III.

Sie haben etwas verpasst!" Pürschel grinste noch unverschämter. „Der Doktor hat mir einiges über das Sexualleben unserer Leiche verraten. Wir brauchen nicht die Hotelspeisekarte, nur das Gspusi vom Vortag und schon haben wir die Identität."

Ich war entrüstet über diese Taktlosigkeit, bemühte mich aber, mir nichts anmerken zu lassen. Ich wollte ihn nicht vergrätzen, denn vielleicht hatten die Unannehmlichkeiten gerade erst begonnen, die ich getrost ihm aufhalsen konnte, da sie ihm nichts auszumachen schienen.

Pürschel zog einige zusammengefaltete Fotokopien aus der Jackentasche. Er sortierte sorgfältig die Blätter und gab mir einen Stapel.

„Mit einem Gruß vom Doktor", kommentierte er seine Geste. Neugierig schaute ich die Unterlagen durch. Es war der Autopsiebericht. Das meiste verstand ich nicht. Wie sollte ich da ahnen, dass ich einen wichtigen Mosaikstein in den Händen hielt.

An diesem Tag hatte ich noch viel mehr Glück. Unverhofft fand ich später in der Universitätsbibliothek noch zwei Steinchen, geradezu Pretiosen.

Wenn ich heute die Beschreibungen jener Tage in Innsbruck lese, sehe ich, wie wenig ich damals von den Schwierigkeiten wusste, die mir aus meiner Jagd nach „der Story" schlechthin, dem ersehnten Wendepunkt meiner Karriere, erwuchsen. Vielleicht hätte ich die Finger von der Geschichte gelassen und mich der offiziellen Version der Bundespolizei angeschlossen, die den Fall als gelöst ad acta legte.

Auch Pürschel brachte diese Version, noch immer zur Hälfte unter meinem Namen, was meiner Glaubwürdigkeit nicht eben förderlich war. Ich hatte nicht damit gerechnet, dass er so fair oder raffiniert war, alle seine Artikel für den Morgen und seine Tiroler Heimat auch mit meinem Namen zu zeichnen. Vielleicht hätte ich mich mehr für die Gegenwart und nicht so sehr für die Vergangenheit interessieren sollen.

Aber ich will zur Handlung zurückkehren, als ich in Innsbruck in der Polizeidirektion meine zwei Pretiosen unter den Mosaiksteinchen fand.

Wir waren nicht direkt in die Redaktion der Heimat gefahren. Ich hatte keine Lust, einen Artikel zusammenzuschustern. Pürschel brachte mich wieder zur Polizeidirektion. Major Schremser hatte Zeit und empfing mich. Er war sofort bereit, mir die Habseligkeiten des Toten aus der Asservatenkammer bringen zu lassen. Währenddessen hielt er mir einen Vortrag über die mathematische Wahrscheinlichkeit einer Lösung seines Problems. Ich hörte nur halb zu, was ihn nicht zu stören schien, ich hatte noch immer den Anblick des aufgebahrten, nackten Körpers vor Augen.

„Haben Sie die Narbe auf der Brust und an dem Arm gesehen?" unterbrach ich ihn. Erst jetzt fielen mir die zwei Stellen auf. Schremser schaute mich unwillig an. Ich erklärte ihm meine Entdeckung.

„Haben Sie nicht den Autopsiebericht gelesen?" fragte er zurück.

„Wir konnten insgesamt vier typische Verletzungen identifizieren."

Er entnahm einer Registermappe einige Papiere und zitierte aus ihnen.

„Verletzung eins und zwei sind eine gesplitterte Fraktur, die von einem Steckschuss herrührt. Die mögliche Kaliberzahl und der Altzustand der Verheilung weisen auf eine Kriegsverletzung hin. Dr. Heinrichs und Prof. Winschinger vermuten mit einiger Sicherheit, dass der Tote Soldat im Ersten Weltkrieg war, was auch mit seinem möglichen Alter von 45 bis 50 Jahren übereinstimmt.

Die beiden Narben, die Ihnen aufgefallen sind, scheinen jüngeren Datums. Sie rühren von zwei Schusswunden her, einem Pistolenschuss und einem Karabinerschuss, die sich der Tote etwa 12 bis 15 Jahre vor seinem Exitus zugezogen haben muss."

Zufrieden steckte er die Blätter in die Mappe zurück. Bevor ich etwas einwenden konnte, fügte er noch hinzu, dass man sich bei ihnen bereits Gedanken über diese Wunden mache, die letztendlich die Identifizierung nur erleichtern konnten.

Inzwischen brachte ein Wachtmeister einen Korb mit der Kleidung des Toten. An jedem Stück, das auf des Majors Schreibtisch ausgelegt wurde, hing ein Etikett mit einer Registraturnummer. Schremser erklärte die Einzelstücke:

„Ein Satz wollener Unterwäsche bester Qualität, ein Paar Wollkniebundstrümpfe und Wollübersocken Marke Adlon, eine Kniebundhose aus Schladminger Loden – maßangefertigt von einem Berliner Schneider – eine Wollwebjacke, schwere Qualität vom Sporthaus Schuster aus München, ein Baumwollmaßhemd, ein Pullover aus gewalkter Wolle, ein Paar doppelt genähter Bergschuhe mit genagelter Sohle. Dazu fand man einen Deuter-Rucksack mit einem Hanfseil und einer Regenjacke Marke Klepper."

Ich sah sehr schnell, wie gründlich die Polizei bereits alles aufgenommen hatte, und schrieb mir das Wichtigste in mein Notizbuch. Langsam konnte ich mir vorstellen, wie der Tote angezogen ausgesehen haben musste.

Schremser gab mir einen Lodenhut in die Hand, an dem ein verschrammtes Abzeichen des Deutsch-Österreichischen Alpenvereins befestigt war. Ich legte ihn schnell wieder auf den Schreibtisch zurück und nahm andere Kleidungsstücke in die Hand. Mir fiel auf, dass sie alle sehr abgenutzt waren, was mit dem Erhaltungszustand der Leiche in Widerspruch stand. Ich fragte den Major nach seiner Meinung.

„Wir glauben, dass das vom Transport im Gletscher herrühren muss. Wir haben ein Gutachten von einem Glaziologen der Universität."

Wahrscheinlich war der Tote im letzten Teil seiner Gletscherreise nahe der Sohle gewesen und so über Steine geschrappt, eine abscheuliche Vorstellung.

Ich nahm die Jacke in die Hand und entdeckte an der rechten Brusttasche und am Revers noch zwei Abzeichen. Beide waren ungeheuer verschrammt. Das Abzeichen am Revers war rund, maß vielleicht ein Zentimeter im Durchmesser, mit einem Adlerkopf obendrauf, der früher einmal vergoldet gewesen sein musste. Das

Abzeichen selbst war mit einem Muster emailliert gewesen. Einzig drei winzige Farbflecke, rot, weiß und schwarz waren noch zu erkennen.

Das andere Abzeichen hing an den wenigen Fasern eines zerfetzten und verblichenen Bandes. Die Farben konnte man nur noch erraten. Das Abzeichen war in Form einer silbernen Medaille, beide Seiten aber so abgenutzt, dass man mit bloßem Auge nichts mehr erkennen konnte.

Das erste Abzeichen hatte ich sofort erkannt, obgleich ich es nur von Schwarzweißfotos kannte. Hier hatte ich die beiden Pretiosen meines Mosaiks in der Hand.

Unverfänglich fragte ich den Major nach seiner Meinung. Er glaube, es seien zwei Sportabzeichen oder etwas Ähnliches. Die Medaille sah auch wirklich einem Preis für eine Volkswanderung zu ähnlich.

Ich fragte den Major scheinheilig, ob ich alle Abzeichen mit in die Redaktion nehmen könne, um sie fotografieren zu lassen. Vielleicht würde einer unserer Leser sie erkennen. Er war sofort einverstanden und händigte sie mir aus, ohne jede Quittung. Die österreichische Schlamperei kam mir nicht zum ersten Mal zugute. Hätte der Major gewusst, dass er sie nie in seinem Leben wiedersehen würde, er hätte mich rausgeschmissen. Ich habe nicht erfahren, ob er irgendwelchen Ärger bekam, wahrscheinlich hat er meinen „Diebstahl" nie angezeigt.

Der Beamte im Empfang der Polizeidirektion richtete mir aus, Pürschel sei schon in seine Redaktion gefahren. Er erklärte mir aber freundlich, wie ich zu Fuß hinfinden könne. In fünf Minuten wäre ich da gewesen, ich hatte aber keinen Nerv, ihm zu begegnen. Ich zog es vor, einen Spaziergang durch die Stadt zu machen. Der Regen hatte inzwischen aufgehört.

In einem Schreibwarengeschäft erstand ich eine billige Lupe und einen Bleistift. Ich suchte ein ruhiges Lokal unter den Arkaden aus und bestellte eine Kanne Kaffee.

Das runde Abzeichen war nichts anderes als das „Goldene Parteiabzeichen" Ich hatte es zu oft auf den Fotos von Nazigrößen gesehen, um es nicht sofort zu erkennen. Der rote Fleck gehörte zu einem Kreis, der den Rand bildete. Das Innere füllte ein weißer Grund, auf dem ein schwarzes Hakenkreuz prangte. Hitler soll es selbst entworfen haben. Ich hatte gelesen, das Rot stehe für den Sozialismus, das Weiße für den Nationalismus. Wofür das Schwarz stand, fiel mir nicht mehr ein. Vielleicht war aber alles nur ein Plagiat der Kaiserfahne.

Vielleicht würde die Story doch ganz interessant werden. Der Tote war kein gewöhnlicher Bergsteiger, er war ein Nazi. Wenn er wirklich 1936 umgekommen war, musste er sehr selbstsicher gewesen sein, diese Akzidenzien in Österreich so offen zu tragen. Damals war das Verhältnis zwischen dem Deutschen Reich und der eigenwilligen Alpenrepublik nicht gerade freundschaftlich. Es gab aber schon zehntausende heimliche Parteigenossen. Ein zweiter Hinweis schränkte den Personenkreis, der in Frage kam, beträchtlich ein. Das „Goldene Parteiabzeichen" durften nur die frühen Mitglieder tragen, die bis zur Mitgliedsnummer 100.000. Das waren also die Menschen, die schon vor 1933 in die Partei eingetreten waren. Ich wusste zwar auch, dass man sich über Beziehungen auch später noch ein Parteibuch mit einer kleinen Nummer eines verstorbenen Parteigenossen verschaffen konnte.

Aber die Medaille schränkte den Personenkreis noch weiter ein. Schade, dass beide Seiten so abgenutzt waren, denn selbst mit der Lupe konnte man kaum etwas unterscheiden. Ich riss ein Blatt aus meinem Notizbuch und legte es auf die Medaille. Mit dem Bleistift rieb ich vorsichtig darüber, und sanft zeichneten sich einige Konturen ab. Allerdings erkennen konnte man immer noch nichts.

Ich bezahlte meinen Kaffee und verließ das Café. Auf der Straße hielt ich ein Taxi an und ließ mich zur Universität fahren. Der starke Kaffee und die Erwartung machten mich etwas nervös. Aber ich habe dieses angespannte Gefühl ganz gern, auch wenn es für den Kreislauf vielleicht schädlich ist.

IV.

Es war inzwischen Mittag geworden. Es dauerte doch länger als ich gedacht hatte, bis ich in der Universitätsbibliothek das fand, was ich suchte.

Leider hatte man keine alten Bücher mit den Nazi-Emblemen und -orden in den Regalen frei herumstehen. Ich hätte erst einige Formulare ausfüllen müssen, um „wissenschaftliches Interesse" nachzuweisen. Dann hätte es noch bis zur Mittagspause gedauert, denn diese „verbotenen" Bücher wurden irgendwo ganz tief unten in einem Keller aufbewahrt.

Ich war zu gespannt und suchte einige alte Lexika. Immerhin hatte man einen Brockhaus Jahrgang 1936 im Bestand gelassen. Im Band A-Bro fand ich, was ich gesucht hatte auf Anhieb.

„Blutorden, Ehrenzeichen der NSDAP, gest. 1933, verliehen rd. 1500 Teilnehmern an der nat.=soz. Erhebung vom 9.11.1923; wird auf der rechten Brusttasche getragen, von Soldaten im Knopfloch. Silberne Medaille. Band: rot mit weißer Einfassung."

Eine Zeichnung von beiden Seiten der Medaille war ebenfalls abgebildet.

Ich faltete das Papier mit den abgeriebenen Konturen auseinander, und legte es mit der Medaille neben den aufgeschlagenen Band. Sie war einwandfrei der Blutorden. Jetzt machten auch die rätselhaften Konturen Sinn. Auf der Vorderseite hielt ein Adler einen Lorbeerkranz in seinen Klauen, auf der Rückseite ging über der Front der Feldherrenhalle ein Hakenkreuz auf.

Das war es, innerlich jubelte ich. Irgendwie musste es mir gelingen, vor der Bundespolizei das Geheimnis um den Innsbrucker Toten zu lüften. Jetzt hatte ich einen ordentlichen Vorsprung.

Ich blieb fast den ganzen Tag in der Bibliothek und las in einem dutzend Geschichtsbücher über das Österreich der dreißiger Jahre, was mir für meine Geschichte erhellend schien. Zwischendurch rief ich Pürschel in der Redaktion an. Er wollte gerade ins

Zillertal losfahren und hatte bis dahin auf mich gewartet. Das passte mir nicht, also log ich ihm etwas von einer anhaltenden Übelkeit vor.

Dann rief ich bei Major Schremser an. Er konnte mir inzwischen berichten, dass man sämtliche Vermisstenmeldungen der österreichischen Bergwacht von zehn Jahren durchgesehen hätte, „negativ" Auch die Hüttenbücher der in Frage kommenden Hütten hatten keinen Aufschluss geben können. Dabei erfuhr ich, dass das Archiv des alten Deutschen-Alpen-Vereins, wie er für Großdeutschland ab 1938 hieß, in Innsbruck im Stadtarchiv zu finden sei, mitsamt der Hüttenbücher.

In der geografischen Abteilung der Bibliothek fotokopierte ich noch schnell einige Messtischblätter vom Zillertal und suchte mir die Berghütten, in die der Tote vielleicht eingekehrt war, heraus. Eigentlich kamen nur zwei in Frage, die Berliner Hütte und das Furtschagel-Haus.

Es regnete noch immer. Ich war zu faul, durch die Stadt zu laufen, und nahm ein Taxi, das mich zu dem Archivgebäude brachte. Der Fahrer erzählte mir, oberhalb der Baumgrenze falle schon Schnee.

Im Archiv hatte ich Glück. Die Angestellte hatte noch keine Zeit gefunden, die ganzen Unterlagen, welche die Polizei durchgesucht hatte, zurückzulegen.

Der Sommer 1936 musste in Tirol sehr schlecht gewesen sein, denn es waren im Juni und Juli kaum Gäste in den alten Hüttenbüchern eingetragen. Auch ich fand schnell heraus, dass alle Gäste von ihren Bergtouren in der fraglichen Zeit zurückgekommen waren. Die Archivarin machte mir Fotokopien. In der Zeitschrift des DÖAV, wie er vor dem Anschluss Österreichs hieß, fand ich auch keinen Nachruf auf Mitglieder, die in diesem Zeitraum in den Bergen verunglückt oder vermisst waren. Einzig eine ganzseitige Traueranzeige für ein Mitglied, das bei einem Autounfall ums Leben gekommen war, gab es im Juli-Heft, ein merkwürdiger Tod für einen Bergsteiger.

Es gab noch eine weitere Kuriosität. Im Hüttenbuch der Berliner Hütte hatte ich einen Eintrag gefunden, der mir aufgefallen war: der Gast Adolph Kreuzhakler. Der Name war zu blöd, beim zweiten Lesen stieß er mir schon merkwürdig auf, „Kreuzhakler" so heißt kein Mensch." Also dachte ich nach.

„Unweit der Berliner Hütte verschwindet 1936 ein Mensch, männlich, etwa 45 bis 50 Jahre alt, Mitglied der Partei, Mitkämpfer beim Marsch zur Feldherrnhalle und taucht über 50 Jahre später wieder auf. Keiner weiß aber, wer und was er ist, außer mir.

Gleichzeitig gibt es einen Herrn Adolph Kreuzhakler als Gast in den Hütten, unter einem mehr als fadenscheinigen Pseudonym."

Irgendwo bestand ein Zusammenhang, und ich würde ihn herausfinden. Ihn ahnen ist etwas Leichtes, wenn man ein Gespür hat, aber ihn beweisen, das ist Fleißarbeit. In Innsbruck würde ich vorerst nichts mehr ausrichten, das wusste ich. Ich kannte einfach zu wenige Leute dort. Schon mit dem Nachtzug fuhr ich zurück nach Wien.

Im „Morgen" stand schon ein zweispaltiger Artikel über die Zillertaler Bergwacht. Ein grau verwaschenes Foto zeigte drei Bergwachtmänner vor einem Gletscher. In das Bild hatte jemand die Umrisse eines Körpers als weißes Phantom eingezeichnet. Das war die Fundstelle der Leiche. Neben Pürschels Name stand auch meiner, was mir in diesem Augenblick nichts ausmachte. Ich ließ Prochaska und mit ihm die Redaktion, aber vor allem die Buchhaltung des „Morgens" im Glauben, ich sei noch in Tirol. Solange Pürschel meinen Namen als Eintrittsbillet in die Wiener Sensationspresse benutzte, konnte ich es mir eine Zeit lang erlauben, Informationen auf eigene Faust einzuholen.

Doch die ersten Schritte waren nur in einem negativen Sinn erfolgreich. Alle Freunde und Bekannte, die ich bemühte, unter ihnen eine Zufallsbekanntschaft von der israelischen Botschaft, einen emeritierten Grazer Geschichtsprofessor, zwei Zeitungsarchivare und einen amerikanischen UNO-Beamten mit Beziehungen, brachten einzig heraus, dass es einige Leute im Deutschen Reich und in Österreich gegeben hatte, die sich während der Verbotszeiten der NSDAP des Pseudonyms „Kreuzhakler" bedient hatten. Einen Adolph gab es aber nicht unter ihnen.

Erst ein kleiner Zufall führte den entscheidenden Schritt weiter. Der Preis, den ich dabei für gewisse Erkenntnisse zahlen musste, ist hoch gewesen, genaugenommen zu hoch, denn irgendwann wäre ich sicher selbst dahintergekommen.

V.

Ein notwendiger Exkurs
verfasst von
Friedensreich Molnar-Moravec

Man kann nicht einfach ungebeten in ein Buch eindringen wie in eine fremde Wohnung. Ich habe mich zu dieser Impertinenz durchringen müssen, aber ich glaube, das meinem Namen und nicht zuletzt meiner Leserschaft schuldig zu sein.

Dieses Buch, wenn man es denn schon so nennen will, hat bereits einigen Staub aufgewirbelt, bevor es überhaupt erscheinen konnte. Zwei Verlegern war das Eisen zu heiß. Ein namhafter Rechtsanwalt konnte für seinen ungenannten, aber einflussreichen Klienten bestimmte Passagen und Aussagen untersagen, bevor sie überhaupt geschrieben wurden. Dass ich es bei dieser Konfusion nicht unterlassen konnte einzugreifen, wohlgemerkt nur schriftstellerisch, wird dem Leser spätestens am Ende dieses Buches aufgehen.

Zu keinem Zeitpunkt habe ich mich, wie man mir jetzt vorwirft, aus Geltungssucht zu diesem Schritt durchgerungen. Einzig meinem Ruf als Autor von zwölf Biographien, die inzwischen in 15 Sprachen übersetzt wurden, und einem weiteren Dutzend historischer Romane bin ich verpflichtet.

Mein Name wäre ohnehin in diesem Buch erwähnt worden, aber meine Kenntnisse und Ansichten hätte man nur verzerrt aus einer sehr subjektiven Perspektive wiedergefunden.

Es war im Sommer. Gerade wollte ich meine Wohnung verlassen, um in die Oper zu gehen, als das Telefon klingelte. Es meldete sich ein junger Mann, dessen Name mir nichts sagte, der aber so tat, als müsse ich ihn gut kennen. Er bat mich, ich möge ihn an einem der nächsten Tage treffen.

Erst auf mein Nachfragen erfuhr ich, dass er ein Journalist einer großen Wiener Tageszeitung war. Ich erinnerte mich, dass ich vor zwei Jahren einmal einem Jemand behilflich gewesen war, ohne aber von ihm viel Dank zu ernten. Damals hatte ich einem jungen Journalisten zu einem Gespräch mit Simon Wiesenthal, dem „Nazijäger" verholfen. Ich nahm an, es ging wieder um etwas Ähnliches, und sagte schließlich zu.

Zwei Tage später trafen wir uns im Café Museum.

Ich verabrede mich vorzugsweise in diesem Kaffeehaus, weil man bei dem hellen Neonlicht die Menschen gut beobachten kann. Außerdem spiele ich dort gerne eine Partie Schach mit meinem Gegenüber, nach dem Motto: „Spiele mit mir eine Partie und ich weiß, was für ein Mensch Du bist" Als der junge Mann an meinen Tisch trat, erkannte ich ihn sofort wieder. Fischer war noch keine dreissig, mittelgroß, leicht untersetzt, mit einer dieser gräßlich modischen asymmetrischen Frisuren. Die rechte Hälfte des Kopfes ist fast rasiert, während links die Haare in einer langen Tolle gescheitelt bis über die Ohren wallen. Seine Gesichtszüge waren auf angenehme Weise unaufdringlich. Nur die braunen Augen kontrastierten auffällig mit dem blonden Haar. Wenn es gefärbt war, fiel das aber nicht auf.

Er grüßte mich bei halbem Namen. Es ist eigenartig, wie viele Menschen mein Doppelname verunsichert. Sie wissen nie, ob es höflicher ist, ihn in voller Länge auszusprechen, oder ob einer der beiden Namen angebracht ist. Er wählte meinen zweiten, „Moravec" „Hat Ihnen das Gespräch, das ich Ihnen vermittelt habe, genützt in Ihrer Karriere?" fragte ich ihn.

Er ging aber darauf nicht ein, vielmehr kam er ohne Umschweife auf den Sinn seines Treffens mit mir.

„Sie müssen mir noch einmal behilflich sein, ein Gespräch mit Simon Wiesenthal zu arrangieren."

Aber um seine Gründe druckste er herum.

Schwerlich konnte er von mir erwarten, dass ich ohne eingehenderes Wissen auch nur daran dächte, etwas für ihn zu tun. Ich lud ihn zu einer Partie Schach ein, zu der er sich widerwillig bequemte.

Ich spielte ihm die weißen Figuren zu, so dass er beginnen musste. Er wählte eine Standarderöffnung. Während er mir die Geschichte erzählte, wie ich sie auch in der Zeitung verfolgt hatte, verlor er zwei Bauern, einen Springer und einen Turm. Dann kam er auf seine Entdeckung zu sprechen. Er spielte unwillig und unkonzentriert, aber ich paßte mich seinen mäßigen Zügen an, um die Partie nicht vorschnell zu beenden.

„Warum glauben Sie, dass ich Ihnen weiterhelfen kann, wo andere es nicht schafften?" fragte ich ihn unvermittelt und nahm ihm die Dame weg. „Ich muss in ein Archiv, wo ich Kreuzhaklers wahre Identität feststellen kann", antwortete er und schlug meinen Bauern, was ihn einen Turm kostete. „Nach Berlin, ins Document-Center, kann ich nicht so einfach, außerdem kriegt man als Journalist bei den Amerikanern so leicht keinen Zutritt."

Ich hatte meine Zweifel, ob man überhaupt nach über fünfzig Jahren noch etwas über einen unbekannten Toten herausfinden kann.

„Sie glauben, der Mann ist 1936 gestorben. Dann hatte er genau drei Jahre Zeit, ein Unmensch zu sein. Es wird nicht leicht sein, überhaupt etwas über ihn zu finden."

Sein zweiter Turm fiel meinem Springer zum Opfer.

Langsam gewann ich den Eindruck, er wisse oder ahne zumindest mehr, als er mir verriet. Er hatte wohl Angst, man könne ihm „seine Story" entwenden. Ich musste aber alles wissen, um ihm helfen zu können. In zwei Zügen setzte ich ihn matt.

„Das Spiel ist aus. Nun wollen wir uns über die Details unterhalten."

Er ging auf meine Doppeldeutigkeit zunächst nicht ein. Darum fragte ich ihn, warum er behaupte, seit einigen Tagen wieder in Wien zu sein, wenn im Wiener Morgen noch heute ein Artikel über den Toten von Innsbruck gestanden hat, der auch mit seinem Namen, Will Fischer, gezeichnet war. Es brachte ihn einigermaßen in Verlegenheit, aber er bemühte sich um eine Erklärung, die logisch, wenn auch nicht ganz ehrenhaft war.

Heute behaupten einige, Fischer sei selbst schuld, dass er nicht glaubwürdig ist. Sie haben Recht, und ich, mit mehr Lebenserfahrung, hätte ihn damals im Kaffeehaus auf diesen Fehler aufmerksam machen müssen. Aber, ich muss gestehen, ich fand sein Tun nicht bedenklich, denn wie sonst hätte er seine Nachforschungen bezahlen können, der Mensch muss ja schließlich auch von irgendwas leben.

Und ich muss weiter gestehen, dass mich zu diesem Zeitpunkt die Angelegenheit nicht sonderlich interessierte. Eifrige Enthüller, die nichts anderes zu tun haben als ständig ihre Mitmenschen zu entlarven, werden schnell langweilig. Aber in diesem Fall kam dann ein Faktor hinzu, der meinen biographischen Sensus ansprach. Fischer legte mir einige zerknitterte Papiere vor, die er aus seiner Jackentasche zog.

Die Kopie der Hüttenbucheintragungen erregte meine Aufmerksamkeit, denn dort stand ein Name und mit ihm ein Geburtsdatum, den und das ich nur zu gut kannte: Dr. Leo Hoffmann, geboren am 18 Juli des Jahres 1885 in Breslau, staatenlos. Ich hatte für meinen Verlag seine Biographie verfaßt, als ihm 1958 in Stockholm der Nobelpreis für Medizin verliehen wurde.

„Fischer", sagte ich, „ich verschaffe Ihnen den Zutritt in Wiesenthals Archiv, aber es gibt noch eine andere Spur. Sie sind ein Glückspilz."

VI.

Das Gespräch mit Moravec verlief nicht ganz zu meiner Zufriedenheit, das Ergebnis war in Ordnung, der Verlauf aber nicht. Ich habe mir zu früh in meine Karten schauen lassen. Fritz Moravec, genauer Friedensreich Molnar-Moravec, wie er sich heute nennt, war wohl nicht der richtige Partner für meine Story, aber damals war ich froh, dass er mir mit einer Spur weiterhalf und sogar einen Termin in Wiesenthals Archiv beschaffte.

Leider nutzte er meine Zwangslage aus und machte aus meinem Buch, dem, was von der Story überhaupt bleiben durfte, eine Verehrung des Dr. Hoffmann, Nobelpreisträger der Medizin. Was ich über meinen Nazi und all die Ereignisse herausfand, von denen Moravec nichts ahnte und herausbekam, ist eigentlich eine ganz andere Geschichte. Aber Moravec hat sich in mein Buch drängen können, dann soll er auch seinen Senf dazugeben.

Es dauerte in der Tat sehr lange, bis ich in das Archiv durfte. In der Zwischenzeit ereignete sich aber einiges, was auch von Bedeutung war. Moravec sieht es, wie es den Anschein hat, immer noch nicht in seiner vollen Tragweite.

Dr. Hoffmann, ich konnte es in der Biographie nachlesen, war in den zwanziger Jahren ein berühmter Gerichtsmediziner in Berlin gewesen, ein Schützling des stellvertretenden Polizeipräsidenten, der auch ein Jude war.

Früher hatte er schon Vorlesungen als Gastprofessor an der Universität gehalten, 1930 erhielt er einen Lehrstuhl für Kriminalpathologie, habilitierte sich ein Jahr später zum ordentlichen Professor.

In Moravecs Biographie heißt es:

„Im Juli des Jahres 1932, dem Staatsstreich in Preußen, erkannte er, anders als viele jüdische Wissenschaftler, die Vorboten des Schreckens und so traf ihn der 30. Jänner 1933 nicht unvorbereitet."

Noch vor dem Reichstagsbrand war Hoffmann nach Wien abgereist. Zuerst glaubte er wohl fest daran, dass alles nur eine Art längerer Urlaub sei, aber je mehr Emigranten eintrafen und je mehr er über den Terror im Reich erfuhr, umso stärker nährte er in sich Zweifel, die schließlich zur Gewissheit wurden, dass eine lange und entbehrungsreiche Zeit vor ihm lag.

Dann wurde in Berlin ein Gesetz erlassen, das den Emigranten die Staatsbürgerschaft aberkannte. Damit wurde es sehr schwierig, sich seinen Lebensunterhalt verdienen zu können. Freunde vermittelten ihm eine Stelle als Gerichtsmediziner. Langsam fand er sich mit dem Leben in Wien ab, achtete aber aufmerksam auf die Veränderungen in den deutsch-österreichischen Beziehungen. Trotzdem gelang es ihm 1938 nicht, rechtzeitig aus Wien herauszukommen. Fast ein Jahr lebte er, versteckt in einem Krankenhaus im 17. Bezirk, und lernte Englisch. Über die Schweiz gelang ihm schließlich die Flucht nach Marseille, wo er sich in die USA einschiffte.

1940 wurde er Professor an der Universität von Wisconsin, folgte 1948 einem Ruf nach Harvard und erhielt für seine Forschungsarbeit 1958 den Nobelpreis, nachdem er schon vier Mal nominiert worden war. Nach Deutschland kehrte er nie wieder zurück.

In der Biographie hatte Moravec ausführlich Hoffmanns Jahre im Wiener Exil beschrieben. Zum Glück fiel ihm ein, dass er damals Tagebücher von dem emeritierten Professor, dank der Beziehungen seines Verlegers, aus Harvard in die Hand bekam.

Moravec ging wieder zu seinem Verleger, mit meinem Einverständnis, und trug ihm die Geschichte vor. Mich reizte natürlich die Aussicht, für einen angesehenen Verlag zu arbeiten. Der Verleger willigte ein, und wir beide sollten, wenn die Story vielversprechend würde, gemeinsam ein Buch verfassen.

Bei einem Notar unterschrieb ich sogar einen Autorenvertrag, der aber weniger wert war als das Papier, auf dem er geschrieben stand, was ich damals nicht wusste.

Zunächst ging alles glatt. Aus Hoffmanns Nachlass ließen wir die Tagebücher per Kurier kommen. Moravec befasste sich zuerst mit ihnen, er wollte sie ungestört lesen. Ich gestand ihm das zu und drei Tage später rief er mich in seine Wohnung.

In der Zwischenzeit hatte ich mir die Zeit in der Bibliothek der Universität vertrieben. Dummerweise war ich so beschäftigt, dass ich nicht mitbekam, was sich in Innsbruck ereignet hatte.

Im „Wiener Morgen" sang Pürschel, zur Hälfte unter meinem Namen, eine Lobeshymne auf die moderne Polizei. Der Tote war als Kaufmann aus Linz identifiziert worden. Der habe sich im Sommer 36 in der Gegend aufgehalten und war von seiner Zimmerwirtin, als er aus der Sommerfrische nicht zurückkam und ein Monat die Miete überfällig war, als vermisst gemeldet worden.

Anverwandte fanden sich keine mehr. Der vermeintliche Herr aus Linz wurde auf dem Innsbrucker Friedhof auf Staatskosten beigesetzt.

Mit der Tram fuhr ich in die Josefstadt, wo Moravec in der Laudongasse in einem ehemals hochherrschaftlichen Hause wohnte. Seine Schriftstellerei schien ihn zu einem wohlhabenden Mann gemacht zu haben. An dem Portal prangte eine polierte Messingplatte mit seinem Namen. Er wohnte im ersten Stockwerk, welches ich über ein marmornes Treppenhaus erreichte. Es hatte alles etwas Theaterhaftes, aber ich konnte mich überzeugen, der Marmor war nicht mit Ölfarben aufgemalt.

Von Moravecs Wohnung sah ich nicht viel. Er empfing mich an der Tür und geleitete mich schnell durch eine dunkle Diele in eine Art von Arbeitszimmer. Es war noch hell draußen, aber er hatte die Vorhänge vorgezogen. Auf einem gewaltigen altertümlichen Schreibtisch schien eine Lampe. Sie spendete genug Helligkeit, dass ich die Einrichtung des Zimmers erkennen konnte. An drei Wänden standen riesige Vitrinen, hinter deren Glas ich zahllose Bücher erkannte.

„Nicht alle sind von mir geschrieben", kommentierte er meinen Blick.

An seinem Schreibtisch standen ein alter Sessel und zwei Kaffeehausstühle. Er lud mich ein, Platz zu nehmen.

Auf dem Tisch lagen aufgeklappt mehrere Kladden. Der Geruch von Staub stieg mir in die Nase. Die erste beste nahm ich in die Hand. Die Buchstaben auf dem leicht vergilbten Papier konnte ich

nur schwer entziffern. Deutsche Schrift habe ich nie zu lesen gelernt. Es war doch gut, dass ich Moravec die Tagebücher überlassen
hatte.

VII.

Exkurs Teil II

Nehmen Sie Platz, Fischer. Wir sollten einmal in aller Freundschaft über unser gemeinsames Projekt sprechen."

Er schaute wie unbeteiligt vor sich hin und schwieg.

„Ich glaube" redete ich ihm zu, „Ihnen ist noch nicht bewusst geworden, dass Sie mit dem Schlussartikel im Morgen Ihr Einkommen verloren haben."

Es war nicht mehr als ein Schulterheben, was ich auf meine Bemerkung erhielt. „Mein Verleger ist bereit, Ihnen einen Vorschuss zu gewähren, der für die Weiterarbeit ausreicht", fuhr ich fort. „Allerdings halte ich es für klüger, den Stil unserer Arbeit zu ändern."

Endlich ging er auf meine Bemühungen ein.

„Wie stellen Sie sich das vor?"

„Arbeitsteilung, Fischer. Arbeitsteilung."

Ich unterbreitete ihm meine Ansicht, wie wir vorzugehen hätten. Ob er sich damals aus Opportunismus oder aus kluger Einsicht auf meine Vorschläge einließ, habe ich nie erfahren. Aber trotz aller Unterstellungen, die er jetzt gegen mich aufbauscht, es lag einzig an ihm, dass unser Projekt scheiterte.

Fischer überließ mir die Initiative, nichts anderes hatte ich bezweckt. Ich versprach ihm eine Transkription der Tagebücher, die er auch zwei Wochen später von mir erhielt.

Schließlich unternahm ich es, die Tagebuchaufzeichnungen in eine literarische Form zu bringen, die es allen, denen die Person von Professor Hoffmann und die damaligen Verhältnisse nicht bekannt sind, erlauben, die Geschehnisse zu verstehen. Auch Fischer musste mir zugestehen, dass ich nichts verfälscht hatte.

Jetzt kommt es diesem „Buch" natürlich zustatten, dass ich diese kleine Arbeit einflechten kann und die exakte Darstellung aus Hoffmanns Sicht keiner neuerlichen fremden und dritten Feder entstammt, sondern meiner.

Buch 2

I.

Schwere Regentropfen fielen in der Nacht des Sommers 1936 auf jenen Teil Europas, den man Tirol nennt. Eine Woche hielt er nun schon an, der Regen. Gelegen kam er niemandem, den Bauern nicht, die das Heu einholen mussten und auch nicht den Touristen, die ihren Urlaub ungeduldig in den kalten Stuben der Gasthöfe verbrachten.

Viele waren schon abgereist, und selbst die Engländer begannen ihre Koffer zu packen. Für die Einheimischen war das Wetter ein doppelter Fluch, denn für das Vieh war das Winterfutter in Gefahr und für einen selbst sah es auch nicht viel rosiger aus. Seit zwei Jahren kam kaum ein Reichsdeutscher mehr zur Sommerfrische. Wer konnte sich schon die 1000 Reichsmark Ausreisegebühr für ein paar Urlaubstage erlauben, die ein Arbeiter kaum in einem ganzen Jahr verdiente. Der Führer hatte den kleinen deutschen Bruder in Acht und Bann geschlagen, und selbst wer das Geld hatte, der glaubte, es sich daher politisch nicht erlauben zu können. Die wenigen Gäste vertrieb nun auch noch das Wetter.

In der Nacht des 12. Juli fiel der letzte Regentropfen laut platschend aber ungehört in eine Pfütze vor einem Alpengasthof im Zemmgrund. Gäste und Personal schliefen noch fest, als am Nachthimmel die schweren Wolken langsam gegen Süden abzogen.

Der Gasthof Breitlahner lag im Dunkeln, umgeben von haushohen Tannen und Zirbeln. Direkt neben dem Haus stürzte der Zamser-Bach zu Tal, der aus den Gletschern der Umgebung genährt wurde und durch die Regenfälle auf das Doppelte angeschwollen war. Aber an das tosende Rauschen hatten sich die Gäste gewöhnt, sie alle waren länger geblieben als geplant.

Von hier aus verteilten sich die Touristen in die umliegenden Täler, deren jedes wegen seiner Bergwelt gerühmt wurde. Aber die Steige zu den Berghütten waren in den letzten Tagen durch die reißenden Gebirgsbäche unpassierbar geworden.

Als die Dämmerung einsetzte und in dem Gasthof die ersten Fenster erleuchteten, war der Himmel ein anderer geworden. Die schweren dunklen Wolken waren samt und sonders verschwunden, und nur einige wenige hohe Wolken segelten langsam am Himmel. Die Sonne war noch nicht über die Bergrücken getreten, und so lag das Tal im dunstigen Schatten des Morgens.

Das Personal war schon eifrig auf den Beinen. In der Küche war das Holzfeuer im Herd entfacht, und der große Wasserkessel wurde erhitzt. Die Haustöchter deckten die Tische in dem Speiseraum, während ein Hausknecht leise durch die Flure schlich und den besser zahlenden Gästen frischgefüllte Kannen mit warmen Waschwasser auf ihre Zimmer brachte.

Der Gast in Zimmer Nr. 12 schlief noch fest unter einem dicken Federbett. Er hatte es in der Kälte der letzten Tage nicht bereut, das schwerverdiente Geld für ein wenig Luxus zu verschwenden. Sein Urlaub war nur kurz, deshalb sollte er möglichst bequem werden, wenn man das von einem Hochgebirgsaufenthalt überhaupt sagen konnte.

Es klopfte leise an der Tür, was der Schläfer aber nicht hörte. Der Hausknecht trat vorsichtig ein, stieß aber unglücklich gegen einen Stuhl. Er rettete die Porzellankanne, konnte aber nicht verhindern, dass der Stuhl mit lautem Krachen auf den Holzboden schlug.

Hoffmann wurde unsanft aus dem Schlaf gerissen und schaute verstört und verschreckt auf.

„Grüß Gott, Herr Doktor." begrüßte der Hausknecht den Gast, „es ist halb sieben Uhr und es wird endlich ein schöner Tag."

Er stellte den Stuhl wieder auf und war schon verschwunden, ehe Hoffmann ein verschlafenes „Danke, ist schon in Ordnung." brummen konnte.

Die wohlige Wärme des Bettes wollte er noch auskosten und rauchte genüsslich einen Zigarillo, während die ersten Sonnenstrahlen durch das Fenster in das Zimmer fielen und auf dem Holzfußboden eigenwillige Muster malten und immer weiter eindrangen, bis das ganze Zimmer in das Morgenlicht eingetaucht war.

Hoffmann stand auf und schüttelte die Müdigkeit von sich. Er zog das Nachthemd aus und warf es auf das aufgeschlagene Bett. Schnaubend wusch er sich mit dem Wasser, das inzwischen fast erkaltet war.

In dem Spiegel beschaute er seinen nackten Leib. Er war noch bis vor kurzem recht beleibt gewesen, nicht so lächerlich anzuschauen wie seinerzeit Noske und Ebert in Badehosen, aber doch mit einer Neigung zum Fettansatz. Das Foto, das sich in rechten wie linken Kreisen der Weimarer Republik einer hämischen Beliebtheit erfreut hatte, war ihm Warnung gewesen, ein wenig auf seine Figur zu achten. Später dann hatten sich nationale Studenten, besonders die im Nationalsozialistischen Studentenbund organisierten, die beleibten und gut dotierten jüdischen Professoren als Objekt des Gespötts ausgesucht. Es gab viele Kollegen, die ein verzerrtes Kreidekonterfei auf den Tafeln ihrer Hörsäle wiederfanden, mit Kommentaren versehen, wie „die semitische Made im Deutschen Speck." der noch zu den harmloseren gehörte. Aber Hoffmann dachte jetzt nicht an diese Zeit. Er sah sein mit Rasierschaum eingeseiftes Gesicht im Spiegel an und raunzte ihm zu: „Junge, du wirst älter. Basta!"

Er lenkte seine Gedanken auf die Wanderung über sonnenbestrahlte fettgrüne Alpen mit der herrlichen Bergwelt ringsherum, die heute vor ihm lag.

Den anderen Gästen war es wohl auch nicht leichtgefallen, ihr Bett um diese frühe Stunde zu verlassen, denn im Speisesaal war Hoffmann der erste, den die Haustochter an diesem Tag begrüßte.

Er wunderte sich darüber, ihm fiel aber wieder ein, dass er ja den Hausdiener gebeten hatte, ihn besonders zeitig zu wecken, falls das Wetter sich endlich besserte, um nicht noch eine Stunde seines Urlaubs zu verschenken.

„Grüß Gott, Herr Doktor. Das wird ein herrlicher Tag. Sie haben es verdient," bedauerte ihn das Mädchen, „bei all dem Regen."

Er ließ sich ein reichhaltiges Hochgebirgsfrühstück auftragen, mit deftigem Brot, Wurst und Käse, dampfendem Kaffee, einem Glas fetter Milch und gleich drei weichgekochten Eiern. Die anderen Gäste trafen im Speiseraum ein. Man tauschte Grüße aus, schwatzte über das Wetter und gab sich Ratschläge für die anstehenden Touren. Hoffmann war der einzige, der in den Zemmgrund zur Berliner Hütte wollte, was ihn nicht verwunderte. In der Umgegend gab es ein halbes Dutzend Hütten, ein gutes Dutzend Übergänge und noch mehr Berggipfel.

Punkt acht Uhr stand Hoffmann auf der Terrasse, schulterte seinen Rucksack und wollte sich von der Wirtin verabschieden. Sie konnte nicht verstehen, „dass der Herr Doktor den Rucksack selber tragen will." schließlich käme jetzt sicher der Sohn vom Hüttenwirt mit seinem Zug Haflinger, um für die Berliner Hütte neue Vorräte abzuholen. Er glaubte aber, es zwar nicht seiner Bergsteigerehre, aber seiner Gesundheit schuldig zu sein, den Rucksack auf eigenem Rücken zu transportieren. Der Abschied war freundlich, man hatte den Herrn Doktor aus Wien gerne im Gasthof gesehen.

III.

Der Weg führte breit und nur leicht ansteigend durch schattigen Wald. Der Boden dampfte noch vor Feuchtigkeit. Nach einer Viertelstunde traf er auf die erste Alp. Die letzten Wolkenreste verschwanden hinter einer Bergkette, und der Himmel war kühlblau.

Fast schnurgeradeaus zog sich der Weg über die Gebirgsweiden, vorbei an einigen Heuschobern, langgestreckt durch einen Talkessel. In der Ferne sah er den Weg steil durch dürren Zirbelwald an einem schuttigen Hang ansteigen, links und rechts von steilen Felswänden begrenzt. Über die rechte Felswand stürzten zwei Wasserfälle dicht beieinander zu Tale. Der Fels glitzerte vom Gischt. Hoffmann blieb alle paar Schritte stehen und genoss die Aussicht.

Aus dem Zirbelwald sah er kleine Punkte kommen, die sich näherten, und langsam konnte er sieben stämmige braune Haflingerpferde und zwei Menschen, die den Zug führten, erkennen. Sie kamen ihm entgegen. Er trat auf die Seite, um sie auf dem Pfad vorbei zu lassen. Seinen fröhlichen Gruß erwiderten die beiden Pferdeführer nur schüchtern. Die Pferde trugen allesamt Lastgestelle, die jetzt noch leer waren. Er wunderte sich, denn die Tiere konnten mit dieser praktischen Einrichtung ein Mehrfaches des Bedarfs einer Berghütte transportieren.

Das Steigen fiel nun schwerer. Hoffmann war an dem schuttigen Part angekommen. Der Weg verlangte Trittsicherheit und zog ziemlich steil an. Er kam ganz schön ins Schwitzen, während er im Selbstgespräch dem Menschen Recht gab, der diesen Weg 'Grawandschinder' genannt hatte.

Nach zwei Dritteln der Wegstrecke führte der Pfad auf die Wasserfälle zu, und hinter der nächsten Biegung lag eine Berghütte. Hoffmann freute sich über die Gelegenheit, eine bequeme Rast einlegen zu können. In der Hütte waren jetzt nur der Hüttenwart und seine Frau. Auch hier hatte der Regen die Gäste vertrieben. Dankbar für die Gesellschaft setzten sich beide zum Gast.

Hoffmann trank ein Bier und bot dem Hüttenwart, der um die Jahrhundertwende ein verwegener Kletterer und berühmter Bergführer gewesen sein sollte, einen seiner Zigarillos an. Man sah es dem Manne an, dass er viel in freier Natur gelebt hatte. Die Altersfalten gaben dem tiefgebräunten Gesicht ein ehrwürdiges Aussehen.

„Sie haben ein Panorama, wie in den Anden", lobte Hoffmann die Aussicht, und der alte Bergführer begann von seinen Touren zu erzählen, die er als junger Mann in die Kordilleren, den Kaukasus und selbst in den Himalaja unternommen hatte.

Während sie sich über diese weitläufigen Reisen unterhielten, sah Hoffmann zwei Punkte sich auf der unter ihm liegenden Alp bewegen.

„Da kommt die Hochgebirgskavallerie." scherzte er, fühlte sich aber an seinen Aufbruch gemahnt. Es lag zwar nur noch ein Drittel des Weges vor ihm, aber das war der anstrengendste Teil. Er schaffte schnaufend den letzten Teil des Schinders, schritt zügig über einen sonnenbeschienenen Zirbelboden und betrat den Weg in die Zemmklamm. In die Felswand, die schroff zu dem Gebirgsfluss abfiel, hatte man im ersten Weltkrieg einen breiten Weg gesprengt, um Kanonen und Munition in die Grenzstellungen auf die Berge schaffen zu können.

Kleine Bäche rieselten von den Wänden und liefen quer über den Weg. Die Luft war sehr feucht und kühl.

Trotz des tosenden Flusses tief unten in der Klamm, war es eigenartig still. Kein Flügelschlag eines Vogels, kein Brummen eines Insekts war zu hören, und der Himmel hatte sich zu einem schmalen Streifen hoch über ihm verengt.

Plötzlich ertönte Hufschlag hinter ihm, vom Echo der Felswände verstärkt, als käme ein Husarenregiment daher. Erschrocken drehte sich Hoffmann um und schon kam der erste Reiter fast im Galopp um einen Felsvorsprung geschossen. Hastig drückte er sich an den Fels. Fast streifte ihn das Pferd, und im letzten Augenblick traf ihn der Stiefel des Reiters an der Schulter so heftig, dass er zu Boden fiel. Instinktiv zog er im Fallen den Kopf ein, während der zweite Reiter mit einem kühnen Satz über ihn hinweg sprang.

Hoffmann erhob sich, vom Schreck noch ganz benommen. Wie durch ein Wunder war ihm nichts passiert, einzig die weiße Cordhose wies einige Flecken und ein großes Loch am Knie auf.

Als er aufschaute, bemerkte er, dass der letzte Reiter angehalten hatte. Halbverdattert, den Dreck von der Kleidung wischend, musste er wohl einen unfreiwillig komischen Eindruck machen, denn es erklang eine hell lachende Frauenstimme. Aber ehe er sich die Reiterin anschauen konnte, war sie schon dem ersten Reiter gefolgt, und Hoffmann hörte nur noch das sich entfernende Hufgeklapper.

Die Klamm öffnete sich zu einem Hochtal, von einem längst verschwundenen Gletscher in Jahrtausenden aus dem Felsmassiv ausgehobelt. Auch hier folgte wieder eine Alp. Einige bäuerliche Gestalten und zwei kläffende Hunde machten sich mit einer wild hin- und herlaufenden Viehherde zu schaffen.

An der Alp setzte sich Hoffmann erst mal hin. Die Bergbauern hatten inzwischen die Herde zurückgetrieben und ruhig grasten jetzt die Kühe, als sei nichts gewesen.

Ein Senn kam zu ihm und schimpfte in unverständlichem Dialekt vor sich hin. Hoffmann fragte, ob er ein Glas Milch haben könne. Sofort brachte man ihm ein großes Bierglas voll davon. Er trank es in einem Zug leer und wischte sich die Stirn mit einem großen Taschentuch.

„Ein wunderschöner Tag. Reiten müsste man können."

Der Senn fluchte wieder unverständlich, merkte, dass der Gast nicht verstand und bemühte sein bestes Hochdeutsch.

„Kruzifix, diese feinen Herrschaften. Das ganze Vieh haben's gescheucht und verschreckt."

Hoffmann wies verständnisvoll auf sein Knie.

„Ich habe auch schon die Bekanntschaft machen müssen."

Der Weg stieg wieder steil an, aber nach der Karte konnte es nicht mehr weit bis zur Berliner Hütte sein. Hinter jeder Wegbiegung tat sich ein neuer Blick auf die umliegende Bergwelt mit ihren Gletschern und Firnfeldern auf. Trotz des Regenwetters mit seiner

Kälte musste die Nullgradgrenze erst bei 2.500 Höhenmetern gewesen sein, denn erst ab dort lag flaumartig der Neuschnee.

Hinter der nächsten Wegbiegung sah Hoffmann den Holzgiebel eines Bauwerks. Er schritt schneller aus, aber als er die vermeintliche Hütte erreichte, entpuppten sich die Balken als die verfallenen Reste eines Heuschobers.

Alle Mahnungen, im Gebirge keine Abkürzungen zu gehen, wenn man sich nicht auskennt, schlug er aus und marschierte jetzt direkt den steilen Hang hinauf, in die Richtung, in der die Hütte ungefähr liegen musste. Ins Schwitzen kam er. Der Rucksack drückte jetzt, trotz aller gegenteiligen Versicherungen des Verkäufers im fernen Wien, ordentlich auf die Schultern. Er kam aus der Puste, ließ sich in einen großen blauen Fleck von Enzianen plumpsen und schaute sich um.

IV.

Genau unter ihm, vielleicht fünfzig Höhenmeter, lag langgestreckt die Berliner Hütte. Aber mit einer spärlichen Holzhütte hatte der Bau nichts gemein. Er bestand aus drei Teilen, gebaut aus meterdickem Mauerwerk und mit gewaltigen Dächern. Man hatte scheinbar, als die ursprüngliche Hütte zu klein für die vielen alpinistischen Gäste wurde, eine größere angebaut, und als diese wiederum die Gäste nicht mehr aufnehmen konnte, noch eine daneben. So war ein Komplex entstanden, dreigeschossig, das ausgebaute Dach nicht erst dazugerechnet, das auch einem Grand-Hotel in Sankt Moritz oder Bad Ischl zur Ehre gereicht hätte.

Daneben lagen noch mindestens zwei Wirtschaftsgebäude, mit Stallungen für die Pferde und einige Kühe. Bei genauerem Hinsehen konnte er sogar drei rosige Schweine in einem kleinen Pferch erkennen.

Nur wenige Schritte von ihm entfernt führte ein Weg zu der Hütte hinab, dem Hoffmann nun brav folgte.

Noch ehe er an dem Portal anlangte, erreichte der Zug Haflinger bereits wieder die Hütte. Er sah jetzt auch, warum sieben Tiere mitgeführt worden waren. Zwei dienten einem älteren Herrn und einer jungen Frau als Reittiere und auf zwei weiteren waren lackierte Reisekisten mit zahlreichen Hotelaufklebern angeschnallt. Erst die übrigen Pferdchen trugen den Proviant und anderes Notwendige für den Bedarf der Hütte. Zu den beiden Führern hatte sich noch ein weiterer Mensch zu Fuß gesellt.

Nach einem schnellen Schritt und fünf Wegbiegungen bergab, stand Hoffmann vor dem Portal und betrat die breite Steintreppe. Verwundert schaute er einem der Pferdeknechte zu, der, noch ehe er die Pferde von ihrer Last befreite, eine Emailleplatte an der Hauswand abschraubte.

In einem kleinen Vorraum trat er die Bergschuhe auf einer rauen Kokosmatte sorgfältig ab, wie auf einem blitzblanken Messingschild geheißen, und schritt in die Empfangshalle. Anders wurde man dem riesigen holzgetäfelten Raum nicht gerecht, mit seiner breiten Freitreppe, die in die oberen Stockwerke führte, und einem gewaltigen Zirbellüster an der hohen Decke, mit bestimmt vier Metern im Durchmesser. Das Tageslicht drang durch ein kunstvoll bleiverglastes Fenster, das gut die Ausmaße eines Kirchenfensters haben mochte.

Rote Spannteppiche aus Sisalgeflecht liefen wie geheime Rollbahnen über ein blitzblank gebohnertes Parkett. Hoffmann folgte den Läufern und gelangte so an die Empfangsloge, ohne den gepflegten Holzboden mit seinen genagelten Bergschuhen betreten zu müssen.

Rings um den Schalter prangten Emailleschilder mit teils sehr deutschen Aufschriften: Postkarten hier erhältlich, Zuteilung von Schlafplätzen, Untersagung von Nagelschuhen in Gemeinschaftsräumen, Essenszeiten von ... bis..., Nachtruhe ist strengstens einzuhalten. Hoffmann fühlte sich merkwürdig berührt, sozusagen heimgekehrt ins Reich.

Die Milchglasscheibe der Loge war heruntergelassen, aber es drangen Stimmen durch sie hindurch und die Umrisse von zwei Personen zeichneten sich deutlich ab. Es schien das Ende eines heftigen Streits, in dem der unterlegene Part klein beigab.

„... ich wünsche das nicht, solange ich auf der Hütte bin, verstanden, Kröll?" tönte es entschieden und preußisch vertraut. „Jawohl, der Herr Geheimrat, entschuldigen's, der Herr Geheimrat." gab der andere mit lokalem Tiroler Akzent nach.

Damit schien das Gespräch beendet. Der Deutsche verschwand, eine Tür schlug heftig zu und Hoffmann getraute sich, gemäß dem einladenden Schild „Bitte klingeln", die blankpolierte Messingklingel zu bedienen.

Prompt glitt die Scheibe lautlos in die Höhe und der Hüttenwirt Johann Kröll begrüßte den neuen Gast.

Hoffmann war leicht überrascht. Er hatte nach dem bombastischen Interieur der Halle einen livrierten Portier erwartet. Hinter dem Schalter stand hingegen der Hüttenwart, das Gesicht sonnenverbrannt und windgegerbt, gut seine sechzig Jahre alt, in ordentlichen, aber schon abgenutzten Bergklamotten.

„Grüß Gott, Hoffmann aus Wien." Unwillkürlich fiel er in Hoteljargon,

„Ich habe ein Zimmer reservieren lassen."

Kröll schlug das gewaltige Hüttenbuch auf und schaute kurz nach.

„Jawohl, Herr Dr. Hoffmann aus Wien. Zimmer 26."

Er nahm den Schlüssel mit bronzenem Nummernanhänger von der Wand. Viele Gäste waren es nicht in diesem Sommer 1936, das konnte man sehen.

Höflich aber entschieden fragte der Hüttenwart nach Hoffmanns Alpenvereinsmitgliedskarte. Bereitwillig händigte dieser sie aus und musste mit ansehen, wie Kröll in Verlegenheit geriet. Er drehte sie immer wieder um, schaute beide Seiten gleich fassungslos an und schien keine Worte zu finden. Schließlich kratzte er sich am Kopf.

„Der Herr Doktor ist nicht Mitglied der Sektion Wien, sondern Donauland." wies er auf die Karte. Hoffmann schaute ihn verständnislos an.

„Und die Berliner Sektion erkennt diesen Alpenverein nicht an."

Hoffmanns Gesicht rötete sich vor Empörung. „Aber ich bin doch selbst Mitglied des Deutschen Alpenvereins Berlin, dem diese Hütte ja gehört. Schließlich heißt sie ja ‚Berliner Hütte'."

Der Hüttenwart war zu einem Entschluss gekommen, er gab Hoffmann seine Karte zurück.

„Das ist schon richtig. Aber diese Hütte ist Eigentum der rein arischen", das letzte Wort verschluckte er fast, als sei es ein unanständiges Wort, „Sektion Berlin des Deutsch-Österreichischen Alpenvereins. Dem Deutschen Alpenverein Berlin gehört das Friesenberghaus im Zamser Grund, und das hier ist der Zemmgrund."

Bevor Hoffmann gänzlich erfasste, wie entwürdigend diese Situation war, lenkte der alte Kröll bereits ein. Innerlich musste er ihnen ja Recht geben, den Nazis. Aber einem Herrn Doktor aus Wien das ins Gesicht zu sagen und ihn aus der Hütte zu werfen, das ging doch zu weit. Und er wusste schon, was der Herr Geheimrat dazu sagen würde. Der hatte sich schon maßlos über das Schild am Portal, „Zutritt nur für Arier", aufgeregt und befohlen, es unverzüglich entfernen zu lassen. Ein Krach am Tag genügte ihm.

„Aber das geht schon in Ordnung, machen's sich keine Gedanken. Ich zeige Ihnen jetzt Ihr Zimmer."

Sich keine Gedanken zu machen, dieser Aufforderung des Hüttenwarts wollte Hoffmann aber nicht nachkommen. Es würde auch nicht das letzte Mal sein, dass er sich darob Gedanken machte. Es war schon vermaledeit. Als er zuerst nach Wien kam, war er bestürzt über den teils offenen Antisemitismus, der ihm manchmal fast schlimmer als der im Reich schien.

Dabei regierten doch noch keine Nationalsozialisten in Wien. Dass jetzt selbst die Berge in arisch und nicht-arisch aufgeteilt wurden, da konnte man so leicht nicht drauf kommen.

V.

Es war Abend geworden. Hoffmann lag auf seinem Bett und war eingeschlafen. Durch das Fenster drang das letzte Licht des Tages. Die Sonne war hinter den Bergen untergegangen, aber der Gletscher leuchtete, als werde er noch immer angestrahlt. Der Himmel war wolkenlos und schon tiefblau und wurde von Minute zu Minute dunkler.

Hoffmann war eingerichtet. In einen altmodischen Kleiderschrank hatte er seinen Rucksackinhalt geordnet. Auf dem kleinen Tischchen an der Wand lagen sein Feldstecher, ein Buch, eine Exakta-Kamera, ein Kompass und eine Wanderkarte.

Auf der kleinen Waschkommode hatte er seine Kulturtasche ausgepackt, die Handtücher neben die weiße Porzellanschüssel gelegt. In die Kanne hatte der Hüttenwart bereits Wasser gefüllt. Es war kühl und frisch gewesen, aber man solle es nicht trinken, sagte er, denn auf dem Boden der Kanne schimmerte feiner Glimmersand als Bodensatz.

Das Zimmer 26 lag im jüngsten Trakt der Hütte. Der Weg führte vorbei an einer Portrait-Galerie in Öl und einigen wenigen Fotografien. Über eine kleine Treppe gelangte man in einen Korridor.

Der Boden war auch hier überall mit Parkett ausgelegt, den man aber nicht betrat, denn das verhinderten die allgegenwärtigen roten Spannläufer.

Hoffmann war zu müde gewesen, sich das alles genau anzuschauen. Er folgte lieber dem Hüttenwart, mit dem er über das Wetter und den Aufstieg plauderte. Auf seinem Zimmer angekommen, hatte er sich noch schnell eingerichtet und dann aufs Bett zum Ausruhen gelegt. Darüber war er eingeschlafen.

Am Himmel ging hinter einem Bergrücken der Abendstern auf. Hoffmann wachte auf. In dem Haus war es ganz still. Ihm fiel ein, dass es Abendessenszeit sein musste. Er stand auf und lehnte sich in die tiefe Mauerbrüstung, öffnete das kleine Fenster und atmete als Apéritif einige Züge der kühlen Alpenluft ein.

Er trat auf den dunklen Gang, fand aber sofort einen Lichtschalter. Im Zimmer, auf dem Gang, auf den Toiletten, in der ganzen Hütte gab es schon elektrisches Licht. Gewohnheitsmäßig wollte er die Türe abschließen. Beim Umdrehen des Schlüssels kamen ihm aber Zweifel, ob diese Vorsicht, die in einem Hotel angeraten war, sich auf einer Berghütte geziemte. Er drehte den Schlüssel zurück, zog ihn ab und steckte ihn ein.

Den Speisesaal konnte niemand verpassen, alle paar Meter wiesen Emailleschilder den Weg. In der kleinen Honoratiorengalerie blieb Hoffmann noch kurz stehen und schaute sich die Ölbilder an, Portraits der wilhelminischen Epoche. Auf dem Rahmen waren kleine Schildchen angebracht, von denen er die Namen ablas, die in Würde und Ernst zu den braven Gesichtern passten, die Gründerväter des Alpenvereins in Berlin, Prof. Dr. Rexin, Hofrat Treibel, Fabrikbesitzer Immstätten, alle schon tot und zu den ihren gegangen. Zwischen diesen Gemälden hingen die Fotografien von Hitler, Göring und einem Herrn in SA-Uniform, dem deutschen Reichssportführer.

„Nicht dran denken, nicht ärgern."

Hoffmann sprach leise vor sich hin.

„Die Berge ..., herrlich, Wandern." Demonstrativ schaute er sich die Stiche mit alpinen Motiven an, die es in der kleinen Galerie auch gab. Es gelang ihm, seine Gedanken auf die bevorstehende Woche Bergurlaub zu konzentrieren.

Als er schließlich in den Speisesaal trat, überwältigten ihn die Größe und die Pracht, die er sah, so dass er die Fotografien vollends vergaß.

VI.

Mit dem Speisesaal hätte jedes Luxushotel Ehre eingelegt.
An den langen Tafeln fanden gut zweihundert hungrige
Menschen Platz. Jetzt, wo durch das anhaltend schlechte
Wetter und die Devisenverordnung des Reichs die Touristen rar
waren, blieben die meisten Tische ungedeckt.

An den Fenstern, durch die man bei Tage über eine Steinterrasse hinweg auf den Gletscher sah, lag auf den Tischen schweres weißes Tischtuch. Feinstes Porzellan, blankes Silberbesteck, geschliffene Kristallgläser und sorgfältig geplättete Tuchservietten harrten ihres Gebrauches. Auf einigen Tischen lagen sogar handgeschriebene Speisekarten.

Der Saal war hell erleuchtet. Vier riesige Holzlüster mit jeweils einem Dutzend Glühbirnen spendeten ein gleichmäßiges verschwenderisches Licht. Am rechten Ende des Saales, an einer der Schmalseiten, stand ein gewaltiger Kachelofen, mit einer geschmiedeten Halterung, eigens um Weinflaschen zu temperieren. An der anderen Schmalseite dehnte sich ein gewaltiges hölzernes Buffet, mit Vitrinen, Fächern, Schubladen, Türen, Ablagen und Theken, alles aus feinstem Zirbelholz. Darin eingelassen war eine Schwingtüre, die direkt in die Küche führen musste.

Eine dirndlgekleidete Serviertochter stand vor dem Buffet und entkorkte gerade eine Weinflasche.

Die anderen Gäste waren noch nicht erschienen, obwohl Hoffmann glaubte, zu spät gekommen zu sein. Er entdeckte einen Tisch, auf dem nur ein Gedeck aufgelegt war, und nahm dort Platz. Von dem Nebentisch nahm er eine Speisekarte und studierte sie wohlwollend. Erbswurst und Dosenkäse mit altbackenem Brot, dazu Malzkaffee, hatte er erwartet. Die Speisekarte konnte mit der einer gut ausgestatteten Gastwirtschaft unten im Tal mithalten. So gefielen Dr. Hoffmann aus Wien die Berge.

„Was wünschen's, der Herr Doktor."

Die Serviertochter war an seinen Tisch getreten.

„Grüß Gott, aber den Doktor den lassen wir bleiben, hier in den Bergen ist er mir einfach zu schwer."

Ihm gefiel diese österreichische Art, sich immer und ständig beim Titel anzureden und anreden zu lassen, überhaupt nicht.

Er bestellte eine Backerbsensuppe, Salzkartoffeln, Leipziger Allerlei, Schweineschnitzel und einen Kaiserschmarrn zum Dessert. Die Serviertochter empfahl ihm einen 31er Gumpoldskirchner, den er gerne nahm.

Während er vorsichtig löffelnd über seiner heißen Suppe saß, betraten die Herrschaften den Saal, die am Nachmittag teils zu Pferde, teils zu Fuß kurz vor ihm eingetroffen waren. Sie hatten jetzt ihre Bergkleidung abgelegt und trugen Straßenkleidung, was aber in den Bergen auf 2000 Meter über dem Meer wie Frack, Seidenschal und Zylinder wirkte.

Der ältere Herr, den der Hüttenwart mit „Herr Geheimrat" angeredet hatte, setzte sich zwei Tische weiter als erster, mit einem Kopfnicken als Gruß, hin. Er musste etwas Besonderes sein, denn schon kam der Hüttenwart herein, ging an den Tisch, rückte einige Gläser zurecht. Leise sagte er etwas und wünschte den Herrschaften eine gesegnete Mahlzeit, dann verschwand er durch die Schwingtüre.

Der Geheimrat war in der Tat etwas Besonderes, Geheimrat Konrad Faffner, Fabrikbesitzer und Vorsitzender der Alpenvereinssektion Berlin seit 25 Jahren. Sein Alter konnte man schlecht schätzen, sein weißes Haar war noch sehr dicht, wie Hoffmann mit einem gewissen Neid feststellen konnte. Er schätzte den Geheimrat auf 65 bis 75 und in der Tat, er war 69. Sein Gesichtsausdruck hatte etwas Verbindliches, aber an einigen Falten erkannte man deutlich, dass er sehr eigensinnig und entschieden sein konnte. Sein Konterfei hätte gut und gerne in die kleine Galerie gepasst. Sein Anzug war sehr korrekt, maßgeschneidert, aber ein wenig überholt in der Mode.

Die junge Frau, die sich links neben ihn setzte, trug einen kleinkarierten Hosenrock, dazu einen wollenen Sweater mit Zopfmuster. Sie war nicht gerade zierlich, eher stark gebaut und groß, was an ihr aber nicht unangenehm wirkte. Sie trug das blonde Haar schulterlang und offen, wie es unter sportlichen Frauen jetzt üblich war.

Der andere Tourist, der zu Fuß aufgestiegen war, hatte sich zur Rechten des Geheimrats niedergelassen. Er sah ihm ungemein ähnlich, wie aus dem Gesicht geschnitten, nur dreißig Jahre jünger. Auch er war ausgewählt elegant gekleidet, mit einem legeren Sportanzug.

Hoffmann erkannte sofort, dass ein Vater mit seiner Tochter und seinem Sohn an dem Tisch saßen. Sie alle hatten die markante Adlernase der Faffners.

Sie hieß Gerhilde, war Meisterschülerin bei dem Cellisten Prof. Sachs in Berlin. Der Sohn hingegen war Tristan Faffner, der Juniorchef in der Firma R. Faffner und Söhne, Feinmechanische Betriebe Friedrichshagen, mit Filialen in Braunschweig, Königsberg und München. Im Revers seiner Anzugjacke trug er das Parteiabzeichen.

Die Serviertochter eilte immer wieder in die Küche, um neue festlich garnierte Speisen für diesen Tisch aufzutragen. Inzwischen war ein weiterer Gast eingetreten und hatte sich an einen der freien Tische gesetzt. Er war etwa fünfzig Jahre alt, hatte schwarzes dichtes Haar, aber ein unscheinbares Gesicht. Trotzdem machte seine Erscheinung etwas her. Hoffmann schätzte ihn, wie er ihn so selbstverständlich an seinem Tisch sitzen sah, auf einen höheren Ministerialbeamten. Die Bergkleidung, die er trug, war teuer und sehr neu, an ihm wirkte sie aber unpassend. Ein Stresemann oder Frack hätte ihm viel besser gestanden. Irgendwie kam er Hoffmann bekannt vor, vielleicht hatte er ihn in seiner guten Zeit einmal bei einem Ministerempfang gesehen. Im Hüttenbuch stand sein Name mit Viktor von Gerstmieten, Beamter, Berlin-Zehlendorf. In der Spalte „Mitglied des Alpenvereins" war nur ein Strich.

Ein weiterer Gast war eingetreten. Offensichtlich kam er just von einer Bergtour zurück, denn er hatte noch seinen Rucksack auf dem Rücken. Sein Gesicht war das eines braven englischen Jungen, die Hornbrille machte ihn noch jünger, dabei war Charles Latimer M.A. schon Assistent an einem College in Cambridge, und er hatte in Fachzeitungen mit seinen Aufsätzen über die „Gesteinsformationen der Zentralalpen" oder „Faltunterscheidungen im Kalkmassiv" die Fachkollegen in aller Welt auf sich aufmerksam gemacht.

An allen Tischen wurde jetzt eifrig gespeist. Hoffmann war beim letzten Drittel seines Schnitzels angelangt, das noch vor wenigen Minuten appetitlich über den Tellerrand geragt hatte, und trank dazu in kleinen genießerischen Schlücken den Gumpoldskirchner.

VII.

Die Tür zum Speisesaal fiel zu, dass die Glasscheiben in ihr klirrten. Alle Gäste drehten sich ärgerlich um. Die zwei leichtsinnigen Reiter traten ein. Hoffmann hatte sie sofort erkannt, denn sie trugen noch immer ihre Reitkleidung.

Die junge Frau, die, als er am Boden lag, in einem kühnen Satz das Pferd über ihn hinweg springen ließ, ließ sich von ihrem Begleiter den Stuhl zurechtrücken und nahm Platz.

Karen Sternthal war Schauspielerin, 23 Jahre alt. Dass sie bei einem bekannten jüdischen Intendanten Schauspielunterricht gehabt hatte, nahm ihr niemand übel. Das blond gewellte Haar und die deutschen blauen Augen waren ihrer Karriere förderlich gewesen, und nur das zählte für sie.

Der Mann, der die Tür hatte zuschlagen lassen, setzte sich nun ebenfalls. In militärisch steifer Haltung bestellte er das Essen und verlangte Moselwein. Seiner Begleiterin gegenüber verhielt er sich jovial, scherzte, dass sie immer wieder kichern musste. Aber der Serviertochter gegenüber war er streng und unnahbar. Er trug Breeches und hohe schwarze Schaftstiefel aus feinstem Leder. Unter einer maßgeschneiderten Lodenjoppe trug er ein braunes Hemd und eine streng geknotete Krawatte. Die Jacke selbst war nicht grün, wie üblich für diese Art von Kleidung. Sie war im gleichen Farbton wie das Hemd gehalten. Auf der Brusttasche trug er vier Abzeichen. Das unscheinbarste war ein Edelweiß mit einem Lorbeerkranz rundherum. Daneben steckte das Parteiabzeichen, aber mit goldenem Rand, darüber hatte er das Hoheitsabzeichen, das verriet, dass er ein hoher Parteiführer sein musste und schließlich hing an einem rot-weißen Band eine militärisch aussehende Medaille auf der Brusttasche.

Dieser Mann, wie er so herrisch dasaß und ungeniert, mitten in Österreich, die verbotenen Parteiinsignien trug, war eine einzige Provokation. Selbst seine eigentlich zivile Kleidung wirkte wie eine Parteiuniform, der dazu nur noch die Armbinde mit dem Hakenkreuz fehlte. Hoffmann fand an ihm sonst nichts Außergewöhnliches. Er hatte viele, für seinen Geschmack zu viele, Männer dieses Typs in Berlin gesehen. Offene Gesichtszüge, leicht aufgeworfene Lippen, kühle wässrige Augen und dazu das pomadisierte ordentlich gescheitelte Haar, ob blond ob braun, sie gaben sich alle gleich.

Hoffmann wunderte sich nur, wie dieser Mann so unverfroren nach Österreich hatte einreisen können, wenn er genauso gekleidet über die Grenze gefahren sein mochte. Er rief die Serviertochter unter dem Vorwand, sich einen Aschenbecher bringen zu lassen und fragte sie leise nach diesem Gast.

Nur ungern schien sie ihm den Namen verraten zu wollen, schaute sich versichernd hinüber. Als sie sah, dass er gerade mit seinem Schnitzel beschäftigt war, flüsterte sie Hoffmann einen Namen zu.

„Kreuzhakler heißt er. Das ist ein berühmter deutscher Dichter."

Verwundert schaute Hoffmann durch die Rauchschwaden, die er mit einem pfeifenden Geräusch ausblies.

„Wenn der ein Dichter ist und Kreuzhakler heißt, bin ich der Heil Hitler persönlich", dachte er bei sich. Er beschloss, dem Herrn Kreuzhakler auf den Zahn zu fühlen. Es gab reichlich Nazis, die sich in der Kampfzeit der Partei hinter diesem Pseudonym versteckten, allein in Wien wusste er von einem halben Dutzend Namensvettern. Aufmerksam lauschte er dem Gespräch zwischen dem Nazi und der jungen Frau. Kreuzhakler verzehrte sein gewaltiges Schnitzel mit großem Genuß.

„Das Schwein", begann er einen Vortrag, während er immer wieder kleine Bissen nahm, „das Schwein ist ein deutsches Kulturgut. Nein, meine Liebe, unterschätzen Sie die deutsche Sau nicht."

Er sprach die Sätze nicht zusammenhängend; demonstrativ und genüsslich kaute er das Fleisch. Die Worte schien er mit gleicher Freude im Mund zu bilden. Sie kam darüber gar nicht mehr zum Essen. Über die abgehackten Sätze musste sie immer wieder lachen.

„Das Schwein", fuhr er fort, „sage nicht ich, aber Fachleute behaupten das, ist höchstes nordisches Kulturgut. An seinen Schinken und Würsten scheidet sich der deutsche vom undeutschen Geist.

Hast Du je einen Juden Blutwurst oder Schweinskopfsülze essen sehen. Siehst Du, das wär nämlich Kannibalismus. Eine Judensau frisst nicht seine Verwandten."

Sie prustete los vor Lachen, aber irgendwie wirkte es doch gekünstelt. Kreuzhakler schien das nicht zu stören, er schob das letzte Stück von seinem Schnitzel in den Mund, spülte den Bissen mit einem Schluck Wein herunter und begann dann auch zu lachen.

„Habe ich nicht recht?" wandte er sich seinen Tischnachbarn zu, die seine Schlussfolgerung alle gehört hatten, so laut und demonstrativ hatte er sie vorgetragen. Die Familie des Geheimrats schien sich nicht angesprochen zu fühlen, der mutmaßliche Beamte lächelte säuerlich für den Bruchteil einer Sekunde und der Engländer hatte offensichtlich nichts verstanden.

Kreuzhaklers herausfordernder Blick begegnete dem Hoffmanns. Der wurde unsicher, ob ihm dieser Spott gegolten hatte und stieß wieder eine gewaltige Rauchwolke aus, durch die niemand sehen konnte, dass er rot wurde.

Hektisch zog er an seiner Zigarre, ihr Rauch qualmte auf, wie der einer Dampflok. Nein, es konnte nicht auf ihn gemünzt gewesen sein. der Nazi musste ja gesehen haben, dass auch er ein Schweineschnitzel gegessen hatte.

Hoffmann drückte den Rest seiner Zigarre in dem Aschenbecher aus, was er sonst nie tat, schaute schnell zu dem anderen Tisch hinüber, konnte aber sehen, dass sich Kreuzhakler wieder der Frau zugewandt hatte, ohne ihm besondere Aufmerksamkeit zu schenken. Erleichtert bestellte er einen Enzian, den er mit einem Schluck herunterkippte. Dann ließ er sich den Kaiserschmarrn auftragen.

Ganz langsam und genüsslich verspeiste er seinen Kaiserschmarrn, jeden Bissen mit einem winzigen Schluck von dem süßen, aber gut gekühlten Wein herunterspülend. Er war wirklich ausgezeichnet und er nahm sich vor, der Serviertochter gegenüber eine entsprechende Bemerkung für die Küche fallen zu lassen. Am Nebentisch hatte man ihn in der Speisenfolge bereits überholt, trank Weinbrand, dann verließen die beiden den Tisch. Diesmal schaute niemand hin, als die Türe heftig ins Schloss fiel.

Hoffmann machte es sich bequem, entzündete eine zweite Zigarre. Erst jetzt fiel ihm auf, dass Kreuzhaklers Gegenwart nicht nur ihn befangen gemacht hatte. Die Unterhaltung an des Geheimrats Tisch wurde wieder lauter. Der Engländer setzte sich zu dem Beamten an den Tisch und holte aus seinem Rucksack einige Steine, sicher die Ausbeute seiner heutigen Exkursion.

Die Serviertochter brachte Hoffmann auf einem kleinen silbernen Tablett eine Visitenkarte von dem alten Faffner. Er nahm sie und las sie. Nur der Name und sein Titel, Vorsitzender der Sektion Berlin DÖAV, waren darauf gedruckt. In das Papier war ein Edelweiß eingeprägt. Der Geheimrat schaute herüber, Hoffmann verbeugte sich leicht. Wie sollte er nur reagieren, Visitenkarten waren das letzte, was ihm als Gepäck für die Berge eingefallen wären. Hoffmann erhob sich und ging zu dem anderen Tisch hinüber, verbeugte sich leicht und nannte in bestem Wiener Dialekt seine Namen.

„Dr. Leo Hoffmann aus Wien." Er verbeugte sich noch einmal und wandte sich der Tochter zu. „Küss' die Hand, gnädige Frau."

Faffner bat ihn Platz zu nehmen und schenkte ihm ein Glas alten Cognacs ein.

„Ich wünsche Ihnen einen erfrischenden Aufenthalt in unserer Hütte. Darf ich Ihnen vorstellen ..."

Hoffmann erfuhr die Namen und die Verwandtschaftsverhältnisse, die er geraten hatte, bestätigten sich. Der junge Faffner fragte Hoffmann nach Einzelheiten und Namen in der Wiener Sektion. Aber er versuchte auszuweichen.

„Wissen's, die Herrschaften, ich beschäftige mich nicht sonderlich mit diesen Meiereien. Ich bin halt Mitglied, aber mehr der Gesundheit wegen. Mein Arzt, der Professor ...," er nannte einen beliebigen österreichischen Namen. Dass sein Doktor in Wirklichkeit Lippmann hieß, verschwieg er, um eine peinliche Situation zu vermeiden, „...hat mir schon vor Jahren dazu geraten. So bin ich hier."

Hastig trank er einen großen Schluck von dem edlen Cognac, selbst auf die Gefahr hin, für immer als Barbar zu gelten. Die Sprache kam auf Unverfängliches, man sprach über die Hütte, über ihren Bau, wobei Hoffmann erfuhr, dass der alte Faffner ein großer Mäzen sein musste und ihm das, noch mehr als der Titel eines Vorsitzenden, zur Achtung bei dem Hüttenwart und dem Personal verhalf.

Allen Anknüpfungspunkten für ein Gespräch über das deutsch-österreichische Verhältnis wich Hoffmann aus, auf die Gefahr hin, auch noch für ein wenig deppert gehalten zu werden.

Niemand merkte, dass er in Wirklichkeit in Breslau geboren, im Rheinland zur Schule gegangen war und schließlich in Berlin studiert und geforscht hatte. Seine Aussprache wirkte täuschend echt. Er hatte ein ungeheures Sprachgefühl für die deutschen Dialekte. Schon als Schüler hatte er seinen Klassenkameraden für einige Pfennige Schillers Glocke auf Sächsisch, Ostpreußisch oder Bayerisch deklamiert.

Die Tochter des Geheimrats interessierte sich für Musik und Hoffmann war ihr darob dankbar. Er kannte sich in der Konzertsaison recht gut aus und beantwortete alle ihre Fragen. Das Gespräch endete denn auch freundlich. Der Engländer und der Beamte hatten sich schon zurückgezogen, wobei Hoffmann von Tristan Faffner etwas über beide erfuhr. Der eine sei ein englischer Geologe, der andere ein hoher Beamter im Auswärtigen Amt, mindestens Unterstaatssekretär, soviel er wisse.

Man trat noch gemeinsam auf die Terrasse, schaute auf die in Mondlicht getauchte Bergwelt. Es war eine schöne, aber kühle Gebirgsnacht. Die Faffners verabschiedeten sich.

Hoffmann blieb nahezu eine ganze weitere Stunde alleine draußen sitzen, den Kopf gegen die Hüttenwand gelegt und zählte Sternschnuppen. Als ihm die Augen zufielen, stand er auf und ging zu Bett. Eine traumlose Nacht war ihm geschenkt.

VIII.

„Ein Hochgebirgsmorgen ist doch etwas Herrliches", dachte er zum zehnten Mal in einer Stunde, als er wieder zum Fenster hinausschaute. Es war gerade zehn Uhr geworden, und Hoffmann lag noch immer im Bett. Zum Glück hatte er seinen Wecker vergessen und dem Hüttenwart keine Anweisung gegeben, ihn zu wecken. Die Sonne schien ins Zimmer, und es versprach ein schöner Tag zu werden.

Im Aschenbecher, den er auf einem Stuhl neben dem Bett postiert hatte, häufte sich schon die Asche von drei Zigarillos. Er beschloss, dass es an der Zeit sei aufzustehen.

Aus der Kanne goss er das kalte Wasser in die Schüssel und begann sich zu waschen. Dabei prustete er, und auf den Holzfußboden fielen Tropfen. Mit kaltem Wasser rasierte er sich ungern, aber das war immer noch besser als das Meerwasser auf dem Kreuzer, auf dem er im Weltkrieg als Bordarzt gedient hatte.

Er zog seine Bergsachen an und war froh, dass er alleine speisen würde. Die Eleganz der anderen Gäste hatte ihn doch etwas verlegen gemacht.

Mit großem Appetit betrat er den Speisesaal. Tatsächlich stand nur noch sein Gedeck auf einem der Tische. Als nach fünf Minuten noch niemand erschienen war, um ihm das Frühstück aufzutragen, schaute er durch die Schwingtüre. In der Küche stand an einem riesigen Holzherd der Hüttenwart, seine Frau und die Serviertochter putzten eifrig Gemüse und Kartoffeln. Die Serviertochter wurde auf ihn aufmerksam.

„Grüß Gott, Herr Doktor, Ihr Frühstück kommt gleich."

Seinen Auftrag hatte er erfüllt, zufrieden ging er an seinen Platz zurück und labte sich ausführlich an dem Frühstück, das die Serviertochter umgehend auftrug.

Gegen Mittag unternahm er zum Appetitmachen eine kleine Wanderung, vorbei an den Wirtschaftsgebäuden, über eine kleine

Holzbrücke auf die andere Seite eines tosenden Gebirgsbaches. In gemütlichem Tempo folgte er dem Weg an riesigen Felsbrocken vorbei durch das Moränenfeld des Hornkees. Der Gletscher musste schon vor langer Zeit abgeschmolzen sein. Hoffmann hatte vorgehabt bis zur Gletscherzunge zu wandern, stellte aber schnell fest, dass er das Mittagessen versäumen müsste.

Zu seinem Spaß wich er vom Weg ab und kletterte schwerfällig zwischen den rundgeschliffenen Steinen umher. Hoffmann wollte gerade von einem besonders hohen Brocken auf ein kleines Firnfeld springen, das im Schatten die Schneeschmelze überstanden hatte. Keine zehn Meter von ihm entfernt saß jemand. Er glaubte diese Person beim Müßiggang zu ertappen und schlich sich leise an. An einen Felsblock gelehnt saß der Diplomat und blickte in regelmäßigen Abständen durch ein Fernglas auf einen Berggrat. Was er sah, schien ihn nicht zu befriedigen. Tiere, die sich längst fortbewegt hätten, konnten es nicht sein und wären zudem kein Grund gewesen, so unzufrieden dreinzuschauen. Von Gerstmieten zog aus seiner Jackentasche ein goldenes Zigarettenetui, entnahm eine Zigarette und zündete sie mit nervösen Zügen an. Hoffmann sah jetzt deutlich, dass er mindestens schon zwanzig geraucht haben musste, denn so viele Stummel lagen geknickt zu seinen Füßen. Der Fels, an dem er sie ausgedrückt haben musste, war schon übersät von schwarzen Ascheflecken.

IX.

Bis auf den Diplomaten hatten die anderen Gäste bereits gespeist. Hoffmann war froh, dem Nazi nicht begegnen zu müssen. Er wollte es so einrichten, dass er von nun an zu allen Essenszeiten zu spät käme. Der Engländer setzte sich zu ihm und gemeinsam bestellten sie eine Flasche Gumpoldskirchner. Heute waren die Gerichte eher bescheiden. Bratkartoffeln mit Spiegeleiern und Salat, als Dessert eine Palatschinken mit Konfitüre. Zur Entschädigung fielen die Portionen umso größer aus.

Latimer erzählte von seiner Arbeit. Er kartographisiere das Tal und versprach, Hoffmann bei einer Tour mitzunehmen, um ihm Stellen zu zeigen, wo man Bergkristalle von außergewöhnlicher Größe und Reinheit fand. Hoffmann forderte ihn auf, die Konversation auf Englisch fortzuführen. Er erklärte ihm, er frische seine Kenntnisse dieser Sprache auf, um vielleicht einmal einer Berufung nach England oder Amerika folgen zu können. Über seine politischen Befürchtungen, die der einzige Anlass für seinen Lerneifer waren, verriet er nichts.

Erleichtert stellte er fest, dass Latimer nicht zu den Engländern zählte, die Hitlers oder die österreichische Art mit dem Bolschewismus fertig zu werden, neidisch bewunderten. Trotzdem vermied Hoffmann die Politik als Gesprächsthema, obwohl Latimer großes Interesse für die Geschehnisse in Wien zeigte. Er verschwieg auch, dass er 1934 den von den Nationalsozialisten erschossenen Kanzler Dollfuß obduziert hatte und unzähligen erschossenen sozialistischen Schutzwehrleuten den Totenschein hatte ausstellen müssen.

Seinen Beruf hatte er nie geliebt. Froh war er gewesen, als er in Berlin das Sektionsbesteck aus der Hand legen konnte, um sich mit theoretischen Dingen der Gerichtsmedizin befassen zu können. In Wien stand er wieder am Obduktionstisch und musste dankbar sein, im Gerichtsmedizinischen Institut der Universität eine subalterne Stelle gefunden zu haben. Es gab Dutzende jüdischer Kollegen, die im Reich als Kapazität gegolten hatten und nun im Exil als kleine Hausärzte kaum ihr Dasein fristen konnten, in Österreich von den Völkischen als Quacksalber und Schlimmeres verleumdet, von den ansässigen jüdischen Kollegen als unliebsame Konkurrenz misstrauisch beäugt. Die Bürokratie machte den meist Staatenlosen schon das Leben so schwer, dass sie selbst diese bescheidenen Möglichkeiten, ihren Lebensunterhalt zu verdienen, aufgeben mussten. Hoffmann wollte nicht darüber reden und nicht daran denken.

Von Gerstmieten war hereingekommen und setzte sich zum Essen nieder. Hoffmann erzählte beiläufig von dessen merkwürdigem Urlaubsgebaren, das er beobachtet hatte. Erschrocken stellte er fest, dass das freundlich verständnisvolle Lächeln aus Latimers Gesicht verschwand und sich versteinerte. Etwas zu neugierig für einen Geologen, fand Hoffmann, fragte er ihn aus, wo und wann er den Diplomaten getroffen hatte und wohin er mit dem Feldstecher geschaut habe. Erst als er ihm alles mitgeteilt hatte, was er gesehen hatte, da verwandelte sich Latimers Gesicht wieder, wurde unverbindlich wie vorhin, als sie über Steine gesprochen hatten.

Es sei Zeit, wieder an die Arbeit zu gehen, leider sei er ja nicht zur Erholung hier. Latimer stand auf. Er hatte die letzte Bemerkung wieder auf Deutsch gemacht.

X.

Der Nachmittag und auch der nächste Tag verliefen belanglos und geruhsam. Hoffmann hatte die Umgebung der Hütte erkundet, Steine und Blumen gesammelt, Gemsen und Murmeltiere mit dem Feldstecher beobachtet. Einmal hörte er ein Flugzeug, konnte es aber nicht ausmachen. Es musste in eines der Nachbartäler geflogen sein.

Für den vierten Tag beschloss Hoffmann eine richtige Tagestour zu unternehmen. Beim Hüttenwart erkundigte er sich nach einer angemessenen Route, die weder zu gefährlich noch zu anstrengend war.

Zeitig hatte er gefrühstückt und stieg schon seit einer Stunde emsig auf einem Felsrücken immer höher. „Steinmannl" hieß der Grat und auf ihm konnte er bequem und gefahrlos einen Gipfel besteigen. An einem Schneefeld, aus dem ein kleiner Bach hervorsprudelte, machte er eine kurze Rast, füllte seine Feldflasche und aß ein Brot aus dem Lunch-Paket, das ihm die Serviertochter zugesteckt hatte. Er stieg weiter. Es war erst gegen zehn Uhr und die Sonne schien ihm wohltuend ins Gesicht. Er war gerade dabei, ein großes Firnfeld zu überqueren. Plötzlich gellte ein Schuss, das Echo warf den Knall zwischen den Felswänden hin und her. Vor ihm bewegte sich etwas und jetzt erkannte er zwei Soldaten, die – mit weißen Umhängen getarnt – auf ihn zukamen.

„Alt" gellte der Ruf herüber. Beide hielten ihre Gewehrläufe auf ihn gerichtet. Unwillkürlich nahm Hoffmann die Hände hoch.

„I Suoi documenti!" herrschte ihn der eine an, während der zweite ihn mit einer Hand abtastete. Hoffmann verstand nicht. „Passaport. Ihre Pass, pronto!"

Der andere hatte ihm inzwischen den Rucksack von den Schultern genommen und entleert. Die Kamera, der Feldstecher, sein Proviant, alles fiel in den Schnee. Nur sein Pass nicht, der lag in seinem Zimmer unter der Matratze. Er hatte nicht im Geringsten daran gedacht, dass er der italienischen Grenze nahe kommen würde.

Fröstelnd saß er in der kleinen Zollhütte, in die ihn die Patrouille gebracht hatte. Mit zahlreichen „avanti" hatten sie ihn über den Sattel, in dem ein Grenzstein stand, zu der Hütte geführt. Leider konnte er sich nicht verständlich machen, denn dann hätte er die Soldaten auf den Irrtum aufmerksam gemacht. Offensichtlich hatten sie ihn auf österreichischem Boden verhaftet. Die Wände der Zollstation waren aus flachen Steinen aufgeschichtet, ein Stück Wellblech diente als Dach. Es gab kein Fenster und die Holztür war verschlossen. Es war stickig und roch nach Rauch. Aber es war kein Feuer an und wo die Sonne nicht hin konnte, war es bitterkalt. Zudem pfiff der Wind um die Hütte.

Es dauerte nicht lange, da öffnete sich die Türe. Hoffmann fiel es schwer, überhaupt etwas zu erkennen. Seine Augen hatten sich an die Dunkelheit gewöhnt und nun blickte er auf ein sonnenbeschienenes Schneefeld. Jemand trat in die Tür und begrüßte ihn auf Deutsch.

„Guten Morgen, mein Herr. Wollen Sie doch bitte heraustreten in die Sonne."

Hoffmann folgte der Aufforderung und setzte seine Sonnenbrille auf. Nun konnte er die Person erkennen.

Vor ihm stand, in der Uniform eines Obersten der Squadristi, ein etwa vierzigjähriger Offizier in militärisch straffer, aber eleganter Haltung im Sonnenlicht.

„Darf ich mich vorstellen. Aiutante D'Aquila-Rossi."

Sein schmallippiger Mund verzog sich zu einem höflichen Lächeln, aber die Augen verloren nicht ihren lauernden Ausdruck.

Der Offizier sah blendend aus, sonnengebräunt, mit gepflegtem schwarzem Haar, das wie von feinen silbernen Fäden durchzogen im Sonnenlicht schillerte. Er bot Hoffmann eine Zigarette aus einem kostbaren Etui an, die er nicht abzulehnen wagte, und ließ sich Feuer geben.

„Ihr werter Name?" fragte er ihn, als habe er ihn, bei einer Vorstellung auf einem Ball, wegen der Musik überhört. „Dr. Leo Hoffmann aus Wien, Assistent am Institut für Gerichtsmedizin der Universität."

Seine Staatenlosigkeit verschwieg er lieber fürs Erste.

„Ah, Dottore", D'Aquila verbeugte sich leicht, „angenehm. Sie müssen den Eifer der Grenzer nachsehen."

Hoffmann nickte, Verständnis vorgebend.

„Sie als Österreicher verstehen sicherlich, dass wir etwas vorsichtig sind. Zwischen Ihrem Tirol und unserem Adige wird sehr viel geschmuggelt. Die örtlichen Behörden hatten einen Hinweis erhalten."

Hoffmann glaubte ihm kein Wort. Was sollte ein so hoher Milizoffizier sich mit Schmuggelaffären abgeben. Auf dem Schneefeld erkannte er jetzt deutlich Spuren, die nicht von Skiern herrührten, sondern von den Kufen eines Flugzeugs. Und tatsächlich ganz oben, von einem Felsvorsprung zur Hälfte verborgen, stand ein Doppeldecker. Hoffmann bemühte sich, sich nichts anmerken zu lassen, und schaute schnell zu dem naheliegenden Berggipfel.

„Ich bin unterwegs auf den Gipfel der Roßruggspitze, der meines Wissens gänzlich in Tirol liegt. Ihre Grenzer haben mich noch auf österreichischem Boden festgenommen."

„Aber Dottore, seien Sie versichert, es ist nur ein Irrtum, ein kleines Mißverständnis. Ich werde Sie höchstpersönlich auf den Gipfel führen. Für einen Alpinisten ist der Aufstieg über den Südgrat ohnehin schöner. Sie sind über den ometto die pietre, wie sagt man in Ihrer Sprache, Männchen aus Stein, gestiegen?" „Steinmannl" fügte Hoffmann bei.

„Gracie, über den Steinmannl sind Sie also gestiegen. Wie gefällt Ihnen die Berliner Hütte? Sie ist mehr ein Hotel als eine Capanna, nicht wahr."

Es begann, im Ton einer belanglosen Unterhaltung, eine Art Kreuzverhör, wie Hoffmann es empfand. Der Offizier fragte sehr genau nach den anderen Gästen und war offensichtlich mit den Antworten sehr zufrieden. Die Soldaten gaben ihm seinen Rucksack zurück. D'Aquila tauschte seine Schaftstiefel gegen ein Paar Bergschuhe und Wickelgamaschen.

Sie seilten sich an und Hoffmann stand etwas unbeholfen, als ihm das Hanfseil um den Bauch geknotet wurde.

„Es ist keine schwere Tour", versicherte ihm der Offizier, „aber wir wollen ja, dass Sie sicher auf dem Gipfel ankommen."

Mit gemischten Gefühlen folgte er D'Aquila, der mit kennerischem Blick sichere Tritte aussuchte und ihm an schwierigen Stellen hilfreich unter die Arme griff. Nach einer halben Stunde standen sie auf dem Gipfel.

„Auf Wiedersehen, Dottore. Wenn Sie diesen Grat heruntersteigen, kommen Sie sicher auf das Schneefeld und den Steinmannl zurück."

Flugs hatte er das Seil akkurat aufgenommen und über die Schulter gelegt, da kletterte er wieder behende den Grat herunter.

Es war etwa zwei Uhr Mittag und Hoffmann beschloss, erst einmal eine Rast auf dem Gipfel zu machen. In seinem Rucksack herrschte ein großes Durcheinander. Als erstes zog er seine Kamera heraus, die noch feucht war. Das Rückteil klappte auf. Hoffmann erschrak, musste aber feststellen, dass die Filmpatrone fehlte. Seinen Proviant hatte man ihm gelassen, allerdings hatten die Soldaten auch hier einigen Schaden angerichtet. Selbst die Brote hatte man untersucht. Ärgerlich biss er in ein halbwegs wiederhergerichtetes Butterbrot.

Grübelnd stieg Hoffmann ab. Die Begegnung mit dem italienischen Offizier kam ihm wie ein Traum vor. Welches Interesse sollte irgendjemand an den Urlaubsgästen in einem Tal in Tirol haben. Es machte keinen Sinn. Zugegeben, es war schon merkwürdig, dass alle Gäste auf der Hütte Reichsdeutsche waren, bis auf ihn, und den Engländer, den er fast übersehen hatte. Das machte keinen Sinn, und vielleicht hatte er eine Ahnung von etwas, das es gar nicht gab.

XI.

Müde kam er an der Hütte an. Er war zu der Entscheidung gelangt, niemandem etwas von seiner Begegnung zu sagen. Als der Hüttenwart ihn ansprach, bedankte er sich für die Empfehlung und erzählte etwas von einer herrlichen Aussicht, die er genossen hatte. Zum Glück war Kröll zu beschäftigt und fragte nicht weiter nach, denn Hoffmann hatte überhaupt nicht darauf geachtet und hätte nicht viel darüber sagen können.

Durstig war er, und daher beschloss er erst einmal, einen Kaffee zu trinken, den er sich auf der Terrasse servieren ließ. Dort stand auf einem soliden Stativ ein Teleskop, das der Hüttenwart zur Beobachtung der Bergsteiger benutzte, denn er war der Bergwachtführer für das Tal. Hoffmann stand auf und ging zu dem Fernrohr hin. Es hatte eine erstaunliche Vergrößerung, und deutlich konnte er seine Spuren im Schneefeld an der Roßruggspitze erkennen. Mit einem Schlag ging ihm auf, dass ihn jemand beobachtet haben musste, denn das Glas war noch genau auf den Punkt ausgerichtet, wo er die Begegnung mit den Grenzern hatte.

„Guten Tag. Herr Dr. Hoffmann, nehme ich an?"

Hoffmann schrak zusammen und stieß mit dem Kopf an das Fernrohr.

„Ja. Guten Tag." Neben ihm stand, eine Zigarette in einer gepflegten Hand haltend, der Diplomat.

„Verzeihung, ich wollte Sie nicht stören. Der Hüttenwart sagte mir, Sie seien auf die Roßruggspitze gestiegen?"

Auf eine Antwort schien er nicht zu warten, er sprach gleich weiter.

„Vielleicht werde ich auch dort hinauf wandern. Es soll recht schön sein. Man kann bis weit nach Italien hineinsehen, wenn man eine gute Sicht hat."

Hoffmann wollte etwas einwenden, ihm fiel aber nichts Passendes ein, und so schwieg er lieber.

„Man sagt, die Italiener kontrollierten ihre Grenze sehr genau. Aber Sie sind keinen Zöllnern oder Grenzern begegnet?"

Dabei schaute er Hoffmann sehr unverfroren an.

„Nein, es war alles in Ordnung, wunderschön. Ich kann die Tour nur empfehlen."

Hoffmann ließ ihn stehen und ging zurück zu seinem Gedeck.

Er überlegte schon, ob der angebliche Diplomat vielleicht der Anführer einer berüchtigten Schmugglerbande sei, und ein großer Coup bevorstand, der die Anwesenheit des hohen Offiziers erklärte. Aber das war Unsinn, es musste eine weniger romantische Erklärung geben. Und vielleicht war es doch nur ein Zufall, dass alle diese Menschen zu derselben Zeit auf der Hütte waren.

Nach dem Abendessen, das wieder ausgezeichnet und reichhaltig war, vergaß er diesmal nicht die Empfehlung an die Küche. Er entzündete eine Zigarre und paffte genüsslich an ihr. Je genauer er über die Zufallstheorie nachdachte, desto unwahrscheinlicher schien sie ihm. Latimer kam und setzte sich zu ihm. Er holte eine Pfeife hervor, stopfte sie zeremoniell und rauchte sie mit einigem Pomp an. Er sprach sein Englisch so breitgezogen, dass Hoffmann ihn kaum verstehen konnte. Ihm war bisher nicht aufgefallen, dass der Geologe einen ausgeprägten Dialekt sprach.

„Sie hatten heute eine etwas abenteuerliche Bergtour, nehme ich an, Mr. Hoffmann?"

Während er eine kleine Pause machte, zog er einige Male an der Pfeife.

„Heute bin ich erst sehr viel später weg, um Steine zu sammeln. Ärger mit meiner Verdauung, zu viel und zu gutes Essen, nehme ich an."

Der nächste Satz ließ Hoffmann vor Schreck vergessen, den Zigarrenrauch heraus zu pusten.

„Das Teleskop ist ausgezeichnet, und ich habe Ihre Begegnung mit den zwei italienischen Grenzern gesehen. Übrigens konnte man den Schuss bis hierher hören, wenn man auf Geräusche achtet. Es scheint immer so still in den Bergen, aber wenn Sie einmal genauer hinhören, ist es erstaunlich, welcher Krach herrscht."

Hoffmann war froh, husten zu müssen, so konnte er sich eine Antwort zu Recht legen. Ihm fiel aber nichts Besonderes ein.

„Ich hatte etwas Ärger wegen meiner Papiere."

Warum sollte er irgendjemandem etwas über seine Begegnung erzählen, dachte er sich, wenn man ihn so geheimnistuerisch ausfragte. Wer eine klare Antwort haben wollte, der sollte ihn vernünftig fragen. Auf Deutsch begann er über Steine zu sprechen, stellte Latimer Fragen, die dieser aber nur ungern zu beantworten schien.

XII.

Hoffmann lag im Bett und konnte nicht einschlafen. Es war schon zwei Uhr in der Nacht. Draußen hatte ein heftiger Nordwind eingesetzt, der dunkle Wolken mit sich brachte. Kein Stern war am Himmel zu sehen.

Er dachte über den vergangenen Tag nach. Was wollte man von ihm wissen, er fand darauf keine Erklärung. Irgendein Zusammenhang bestand zwischen mindestens zwei Gästen auf der Hütte und dem italienischen Offizier, aber welcher?

In Berlin liefen die Vorbereitungen für die Sommerolympiade auf Hochtouren. Fahnentuch wurde hektarweise angefertigt, Kolonnen von Bauarbeitern legten letzte Hand an die Bauten und eine ganz eigene Maschinerie verfasste und druckte Berge von Propagandaschriften, die sich über die zu erwartenden Besucher wie eine Lawine ausbreiten würden. Berlin war der Blickpunkt der Welt, was machten ein neugieriger Engländer, der vorgab Geologe zu sein, ein ungeduldiger Diplomat, der einen Urlauber nur schlecht spielte und ein Nazibonze, der sich Kreuzhakler nannte, was machten sie auf einer einsamen Berghütte in Tirol? Und welche Rolle spielte die Familie Faffner dabei?

„Alles ein ausgemachter Blödsinn." Er drehte sich um und schlief ein.

Der nächste Tag war kalt und hässlich. Die Wolken hingen tief im Tal, dass man die Berggipfel nicht erkennen konnte.

Hoffmann hatte geträumt, aber er war froh, keinem Psychoanalytiker darüber Rechenschaft ablegen zu müssen. Immer wieder tauchte in seinen Träumen der italienische Offizier auf, mit erhobenem warnendem Zeigefinger, aber mit den Gesichtszügen seines Vaters. Dann war er plötzlich auf einem überfüllten Auswandererschiff, das sich in einen Luxusdampfer verwandelte. Wie Haifische zog eine Rotte U-Boote ihre Kreise um das Schiff. Dann wachte er auf, und während er sich mit dem klaren Gebirgswasser wusch, verschwanden die letzten Fetzen seines Traumes.

Er zog einen dicken Pullover über, denn es fröstelte ihn. Der Blick nach draußen gefiel ihm gar nicht. Im Speisesaal saß er alleine, denn es war inzwischen fast elf Uhr. Der Kaffee schmeckte aufgewärmt, ein abscheulicher Morgen, wie er fand. Immerhin hatte jemand den Kachelofen angeheizt, und er setzte sich mit einem Stuhl daneben, um sich an ihm zu wärmen. Der Morgenzigarillo schmeckte ihm schon viel besser.

Heute wollte er keine großen Höhenunterschiede mitmachen, lieber einen schönen ebenen Weg zu einem der umliegenden Gletscher gehen. Bei der schlechten Sicht war es ihm auch etwas unheimlich, alleine in den Bergen herum zu steigen.

Beim Hüttenwart konnte er einen neuen Film kaufen, dem er auch gleich mitteilte, wohin er zu wandern beabsichtige. Kröll fand das sehr vernünftig und erklärte ihm einen Weg.

Eine halbe Stunde später folgte er einem schmalen Weg, der entlang eines grauen, breiten Baches führte, der laut Karte vom Hornkees gespeist wurde. Bei dem niedrigen Himmel sah der Karr recht trostlos aus. Aber zwischen den Steinen fanden sich immer wieder Blumen, rot blühende Steinbrechgewächse, die gelbe Alpenhungerblume oder an geschützten Stellen die Gletschernelke. Hoffmann freute sich, da der Tag nichts Anspruchsvolleres versprach, an der Flora. Seine Laune wurde sichtlich besser, als er am Beginn des Gletschers angelangt war.

Wie der graue dreckige Rücken eines Elefanten, lag der Hornkees vor ihm. Aus einem kleinen Gletschertor trat der Bach aus. Neugierig schaute er hinein, konnte aber nicht viel erkennen. Immerhin schimmerte hier das Eis sauber und bläulich. Er suchte sich einen keilförmigen Stein und schlug einige Stufen in das Eis, dann kletterte er in ihnen vorsichtig auf den Gletscher hinauf. Auch hier lagen unzählige Steine und Felsbrocken.

Der Hüttenwart hatte ihm gesagt, im untersten Teil sei der Gletscher völlig ungefährlich, dann müsse er aber aufpassen. Tatsächlich versperrte ihm nach etwa fünfhundert Metern ein Labyrinth von Spalten den Weg. In eine warf er einen Stein, hörte aber keinen

Aufschlag, wahrscheinlich war er ins Eis gefallen. Mit einem Fernauslöser machte er noch ein Foto von sich, wie er vor den zerklüfteten Eismassen stand.

Mehrmals erschrak er, weil irgendwo Felsbrocken rumpelnd auf den Gletscher fielen, aber wo er stand, gab es eigentlich keine Gefahr. Schließlich trat er vorsichtig den Rückweg an.

Als er den steilen Eishang vor sich sah, den er heraufgeklettert war, wurde ihm etwas mulmig. Ein unsicherer Tritt, ein Ausrutscher, und er landete genau fünf Meter tiefer in dem sicher eiskalten Bach. Er ging wieder zurück, aber immer in der Nähe des Gletscherendes, bis er eine flachere Stelle fand. Auf dem Hosenboden rutschte er das Eis herunter. Zum Glück lagen dort nur wenige Steine, denen er mit Schwung auswich. Wohlbehalten kam er an der Moräne an, die Abfahrt hatte ihm sogar Spaß gemacht, und wären seine Hosen nicht so feucht geworden, er wäre glatt noch einmal hinaufgestiegen.

Nicht weit entfernt konnte er den Bach rauschen hören. Er beschloss, den Weg abzukürzen, und suchte sich zwischen den Felsbrocken halbwegs bequeme Tritte aus. Dabei kam er über kleinere Schneefelder, die wohl im Schatten des Berghanges, der sich über ihm in den Wolken verlor, die Sonne überstanden hatten.

In einem kleinen Kessel, den der Gletscher vor Jahrtausenden in den Felsgrund gemahlen hatte, stand er unversehens vor einer Mauer. Sie war nur etwa sieben Meter lang und fünf breit. Was hinter ihr lag, konnte Hoffmann nicht erkennen, denn ihre Höhe war fast zwei Meter. Auf ihr lief Stacheldraht rundherum, wie er bei militärischen Sperren Verwendung findet. Er ging um die Mauer herum und fand schließlich eine Holztüre eingelassen. Auf ihr waren mit Nägeln mehrere Schilder angebracht. „Bissiger Hund" war das harmloseste, „Vorsicht! Selbstschussanlage" warnte ein anderes, und auf einem dritten war nur ein Totenkopf dargestellt. Hoffmann versuchte sich an der Mauerkante hochzuziehen und konnte schließlich zwischen dem Stacheldraht eine kleine Hütte, die aber mehr nach einem Bunker aussah, erspähen. Die Fensterläden waren offen, aber von einem Hund oder einem anderen lebenden Wesen war nichts zu sehen. Auch aus dem kleinen Blechschornstein stieg kein Rauch auf.

Er sprang von der Mauer herunter und folgte einer Trittspur, die ihn nach wenigen Wendungen an den Bach zurückführte.

XIII.

Für das Mittagessen war es längst zu spät. Aber die Serviertochter bot ihm eine Erbswurstmahlzeit an, mit Käse und Brot. So kam Hoffmann doch noch zu einem zünftigen Hüttenessen.

Als sie eine kleine Terrine, ein paar dick geschnittene und mit Butter bestrichene Brote nebst einem gewaltigen Stück Käse hereingebracht hatte, gesellte sie sich zu ihm und fragte ihn neugierig über das Leben in Wien aus. Nebenbei erfuhr er, dass ihn, in dem Gasthaus im Tal, ihre Schwester bedient hatte. Er versprach beim Abstieg, Grüße auszurichten. Vorsichtig erkundigte er sich nach der merkwürdigen Hütte. Das Mädchen erzählte, sie wisse nicht viel, denn sie käme nicht groß zum Wandern, aber er könne einen der Pferdeführer fragen, übrigens der Sohn vom Hüttenwart, der bringe gelegentlich Lebensmittel dorthin. Ihr fiel nur noch ein, dass im Weltkrieg dort eine Schutzhütte für die Edelweißtruppen, eine Gebirgsjägerkompanie, gestanden habe.

Die Wolken zogen tiefer und schon lag auch die Hütte mitten in ihnen. Wenn Hoffmann aus dem Fenster sah, konnte er kaum die Wirtschaftsgebäude erkennen. Er beschloss, sich die Hüttenbibliothek anzuschauen, und ging zu der Loge des Hüttenwarts. Auf sein Klingeln kam niemand, und die Türe zu dem Verschlag war geschlossen. Gerade als er durch den Speisesaal in die Küche gehen wollte, sah er auf der Terrasse drei Gestalten, die mit lauten Tritten auf den Steinplatten den Dreck von ihren Bergschuhen traten. Sie hatten Regenmäntel übergezogen, unter denen sich ihre Rucksäcke wie Buckel abhoben. Auf einem Tisch lagen drei Eispickel und ein triefnasses Bergseil.

Kröll stand bei ihnen, einen Lodenhut auf dem Kopf. Es regnete zwar nicht, aber die Luftfeuchtigkeit war so hoch, dass das Wasser überall kondensierte. In Sekunden war man völlig durchnässt.

„La nebbia diventa piu densa", sagte der Hüttenwart gerade mit einem breiten tirolerischen Akzent.

„Avremo neve," fügte er noch hinzu. So viel verstand Hoffmann, dass der Nebel dichter wurde und es wohl Schnee gebe. Die Bergsteiger stimmten ihm zu und zogen unter dem Vordach ihre Regenumhänge aus. Durch die leicht beschlagenen Scheiben erkannte Hoffmann die zwei Grenzer und den Offizier. Sie trugen allesamt zivile Bergsteigerkleidung.

Ehe man ihn bei der Befriedigung seiner Neugierde erwischte, setzte er sich schnell an einen Tisch und gab vor, auf die Bedienung zu warten. Tatsächlich kam die Gruppe zusammen mit Kröll in den Speisesaal. Das elektrische Licht brannte schon und Hoffmann sah jetzt deutlich, dass er sich nicht getäuscht hatte. Niemand schien ihn zu beachten, was ihn wunderte. Schließlich beschloss er, stur sitzenzubleiben und lediglich mit einem Kopfnicken zu grüßen, falls man sich ihm zuwenden würde. Aber nichts dergleichen geschah. Die Serviertochter kam herein und nahm an den beiden Tischen die Bestellungen auf.

Der Offizier schaute jetzt beiläufig herüber und grüßte ihn ganz nebenbei. Auch die Begleiter schauten wie auf ein Zeichen zu ihm herüber, wandten sich aber mit großer Aufmerksamkeit wieder dem Mädchen zu, ihn beachteten sie weiter nicht. Kröll verschwand für einen Augenblick und kam mit einer großen bronzenen Glocke zurück.

„Unser Nebelhorn" rief er zu Hoffmann herüber und machte zu den Italienern eine ähnliche Bemerkung. Auf der Terrasse befestigte er die Glocke an einem Balken und schlug sie dreimal an. Dann verschwand er in der Küche. Den Bergsteigern, die jetzt draußen unterwegs waren, konnte Hoffmann nachfühlen, dass ihnen das Signal der Hütte willkommen sein musste. Nach einer Viertelstunde kam der Sohn vom Hüttenwart und schlug die Glocke wieder dreimal, und so ging es jede halbe Stunde, bis alle Gäste wieder eingetroffen waren.

Die Italiener interessierten sich ganz offensichtlich nicht für Hoffmann. Latimer kam herein, kurz darauf folgte der Diplomat, und je mehr sich im Speisesaal versammelten, umso seltener schaute sich die Gruppe um. Hoffmann ging auf sein Zimmer.

XIV.

Zur Abendessenszeit kam er wieder herunter. Mit den zwei Italienern und noch einem neuen Gast war es schon einiges voller in dem Speisesaal geworden. Alle Tische an den Fenstern waren jetzt besetzt.

Der Neuankömmling war ein bescheiden gekleideter Bergsteiger. Der Pullover war vom vielen Waschen verfilzt, die Kniebundhose schon recht abgescheuert. Auch der Mann selbst sah ziemlich abgenutzt aus, schütteres graublondes Haar, ganz kurz geschnitten, ein faltiges Gesicht und durch ein paar stumpfe Brillengläser schauten zwei müde Augen. Er hatte sich an einen der Tische mitten im Raum gesetzt und las in einem Tourenbuch.

Das Essen wurde aufgetragen. Es gab eine Grießnockerlsuppe, ein wunderbar papriziertes Gulasch nebst Beilagen und zum Dessert Waldbeeren mit Schlagobers. Wenn man zum Fenster hinausschaute sah man in eine undurchdringliche Waschküche, aber im Saale brannten einladend alle Lichter. Die Bestecke klapperten eifrig, die Gläser klirrten.

Die Tür zum Speisesaal fiel zu. Kreuzhakler und seine Begleiterin gingen zu ihrem Tisch. Hoffmann hörte, wie der Nazi die Serviertochter nach den Neuankömmlingen ausfragte. Als spüre er das, sank der unscheinbare Mann an dem einsamen Tisch langsam in sich zusammen. Und plötzlich war es geschehen, Kreuzhakler sprang auf, raste auf den Tisch zu, stellte sich breitbeinig in Positur und begann zu brüllen. Aber es war kein echter Gefühlsausbruch, Hoffmann spürte die einstudierte Pose, das bei Göring abgeschaute Gebölk, gleichzeitig ironisch und doch ernstgemeint. Er hörte nichts, sah nur das verschreckte Zusammenfahren des Angegriffenen und den sich aufplusternden Nazi.

Keiner der Gäste stand auf und unternahm etwas. Da erhob sich der Italiener und trat neben Kreuzhakler.

„Signore, piano. Wie sagt Ihr Dichter, nicht diese Töne?"

Beide schauten sich einen Augenblick in die Augen, dann gingen sie zu ihren Plätzen zurück. Schweigend aß man weiter. Es war, als sei der Gletscher ein gutes Stück näher an die Hütte gerückt. Hoffmann war der Appetit vergangen. Wie leicht hätte ihm der Spott oder Hass Kreuzhaklers gelten können. Später erfuhr er vom Hüttenwart, dass der neue Gast ein Jude war, ein Deutscher im Exil, allerdings aus Prag. Der hatte es bei dem Wetter nicht mehr bis zum Friesenberghaus geschafft.

„Soll ich ihn in dem Wetter umkommen lassen?"

Kröll schaute Hoffmann hilflos an, als er das sagte.

In aller Herrgottsfrühe des nächsten Tages hatte der Mann sich dann auch davongemacht. Noch war es allerdings Abend, aber ein ungemütlicher. Die Gäste verließen den Speisesaal. Eine Geselligkeit stellte sich nicht ein. Darum trat Hoffmann noch einmal vor die Hütte und rauchte unter dem Vordach der Terrasse eine Zigarre. Um sich aufzuwärmen, ging er einige wenige Schritte auf und ab. Die Türe öffnete sich, kurz fiel ein Lichtschein auf die Steine und der Offizier kam heraus.

Hoffmann blieb stehen. Wenn man ihn nicht erkennen wollte, dann war er auch nicht willens, den Italiener zu kennen. Die Fenster des Speisesaals waren erleuchtet. Aus ihnen fiel nur wenig Licht, zu dicht war der Nebel. Hoffmann drückte sich an die Hauswand, dass er ganz im Dunkeln stand.

Er sah eine kleine Flamme aufleuchten. Vermutlich steckte sich D`Aquilo eine Zigarette an, und tatsächlich sah er dann einen rötlichen Punkt aufglühen. Wieder öffnete sich die Türe und eine weitere Person trat in die Dunkelheit, so leise und schnell, dass er nichts hatte erkennen können. Die beiden unterhielten sich flüsternd, aber zu allem Überfluss noch auf Französisch. Wenn jemand flüstert, ist seine Stimme schon schlecht zu verstehen, tut er das noch in einer Fremdsprache, hat man keine Chancen, dachte sich Hoffmann. Stattdessen bemühte er sich wenigstens einige Worte aufzuschnappen und sich zu merken, um sie später in einem Wörterbuch nachzuschlagen.

Die Unterhaltung war mehr ein Gezischel. Am Tonfall hörte er, dass dem Italiener Vorhaltungen gemacht wurden. Der kleine rote

Punkt glühte in immer schnelleren Intervallen auf, aber die Entgegnungen hatten den arroganten Unterton nicht verloren. Dann unterbrach er den anderen auf Deutsch.

„Kommen Sie in einer Stunde auf mein Zimmer. Ich scheine in dem Teil der Hütte alleine untergebracht zu sein. Zimmer 25, basta!"

Der andere war einverstanden, denn er verschwand augenblicklich, ohne etwas zu entgegnen, durch die Terrassentüre. Der Italiener warf seine Zigarette weg, dann kehrte auch er in die Hütte zurück. Hoffmann wartete einige Sekunden. In der Hand hielt er noch seine Zigarre, sie war ausgegangen. Er sprach einen leisen Fluch auf sein niedriges Gehalt, dass ihm keine bessere Sorte erlaubte.

Als er die Türe öffnete, sah er den Italiener in dem kleinen, hell erleuchteten Flur an der Wand gelehnt stehen. Er wollte an ihm vorübergehen.

„Aber Dottore, sagt man nicht ‚Guten Abend'?" D`Aquilo trat einen Schritt vor, so dass Hoffmann gar nicht anders konnte, als vor ihm stehen zu bleiben.

„Seien Sie nicht beleidigt, dass ich Sie nicht gekannt habe. Sehen Sie, so brauchte ich Kreuzhakler, oder wie er sich nennt, nicht zu sagen, dass noch ein staatenloser Jude sich in dieser arischen Hütte aufhält. Dottore Leon Hoffmann", wobei er die letzte Silbe des Vornamens besonders betonte." Sie sehen, ich war sogar ausgesprochen höflich, Sie vor einem solchen Auftritt zu bewahren." Hoffmann verkniff sich eine Erwiderung.

„Deshalb brauchen Sie sich auch nicht vor mir im Dunkeln zu verbergen."

Er nahm Hoffmann die Zigarre aus der Hand und hielt sie ihm vor die Augen.

„Wissen Sie, wie viele Soldaten im Krieg nur deswegen ihr Leben verloren haben, weil sie auf Patrouille verbotenerweise rauchten? Tausende, nehme ich an. Wie ein Glühwürmchen in einer lauen Sommernacht waren Sie zu sehen."

Hoffmann sah wieder den lauernden Blick, zuckte nur mit den Schultern. Aber er war gewarnt.

„Si tu salaud de juif comprends me mots tut` en repentirais encore."

Er hatte zwar nicht die Worte, aber die Absicht verstanden. Der Offizier wollte wissen, ob er französisch sprach.

„Pardon, aber ich verstehe leider kein Französisch."

Dabei versuchte er so unschuldig wie möglich dreinzuschauen, nahm sich aber vor, noch am gleichen Abend ein Wörterbuch aufzutreiben.

„Bene. Übrigens – spielen Sie Karten? Meine beiden Krieger brennen darauf, mit Ihnen eine Partie zu spielen. Ich würde an Ihrer Stelle nicht ablehnen. Der Verlust stünde in keinem Verhältnis zu einem möglichen Gewinn. Und nun geben Sie mir Ihren Zimmerschlüssel, Numero 26, wenn ich bitten darf."

XV.

Die letzten Gäste im Speisesaal waren die beiden Soldaten und Hoffmann. Erst war es eine langweilige Gesellschaft gewesen. Sie verstanden kaum Deutsch und er kein Italienisch. Auf ein Kartenspiel hatten sie sich auch nicht einigen können. Alle drei waren froh, als die Serviertochter noch eine Flasche Wein brachte. Hoffmann trank nur wenig, dachte, die beiden Italiener ein wenig auszuhorchen. Aber die Verständigung gelang nicht. Schließlich schlugen sie die Zeit tot, indem sie Wein tranken. Sie schauten zu den Fenstern, hinter denen immer noch die undurchdringliche Nebelwand lauerte.

Nach der fünften Flasche Wein nahmen die beiden Soldaten doch noch Anteil an Hoffmann. Ihr Deutsch, gemischt mit englischen und französischen Brocken, wurde etwas verständlicher. Innerlich fluchte Hoffmann. Der Wein wirkte jetzt auch bei ihm. Die wenigen französischen Worte, die er der heimlichen Unterhaltung abgelauscht hatte, würden ihm nach zwei weiteren Gläsern entfallen sein.

Die Soldaten waren keine Tiroler, sie kamen aus den Westalpen und waren beide auch Bergführer. Über ihren Auftrag wussten sie nur so viel, dass sie einen hohen Offizier bei einer bestimmten Mission begleiten sollten. So viel wussten sie aber, dass sie D'Aquila besser so behilflich waren wie möglich, denn er sei ein Vertrauter des Grafen Ciano und der war schließlich neu ernannter Außenminister und der Schwiegersohn des Duce. Sie fanden es auch seltsam, drei erfahrene Alpinisten, in einer Hütte jenseits der Grenze zu sitzen und sich für verirrte Bergsteiger ausgeben zu müssen. Mit militärischen Angelegenheiten schien das nichts zu tun zu haben.

D'Aquilos Unterredung mit dem Diplomaten dauerte fast eine Stunde. Als er in den Speisesaal zurückkam, verfielen seine Untergebenen wieder in die Langeweile, in der er sie mit Hoffmann allein gelassen hatte.

„Dottore, mi dispiace tanto. Ich hoffe, Sie haben nicht zu viel Verdruss gehabt. Trinken Sie noch ein Glas Wein mit mir."

Der Offizier lächelte ihn verständnissinnend an, als habe er Gastgeberpflichten verletzt und ihn in der Gesellschaft zweier Flegel zurückgelassen.

„Rompete le righe!"

Der Befehl galt den beiden Soldaten, die sich auch sofort zurückzogen. Er goss sich ein Glas Wein ein und prostete Hoffmann zu.

„Sie sagen ,Prost'?"

„Salute" wünschte der zurück. Beide tranken einen Schluck. „Sie dürfen mich nicht missverstehen, Dottore. Ich bin Fascisto, aber kein Unmensch. Ich sitze an einem Tisch mit Ihnen, trinke mit Ihnen, zwei Söhne alter Völker. Wissen Sie, was der Duce über die Deutschen sagte: 3000 Jahre Geschichte erlauben es uns, mit souveränem Mitleid auf gewisse Ideen zu schauen, die jenseits der Alpen von den Nachkommen einer Brut vertreten werden, die zu einer Zeit, da Rom einen Cäsar, einen Vergil und einen Augustus besaß, wegen Unkenntnis der Schrift unfähig war, Zeugnisse ihrer Existenz zu hinterlassen."

Erst sagte er es in Italienisch, als zitiere er ein Poem, danach übersetzte er es, beharrte aber auf der italienischen Aussprache der Namen.

„Sehen Sie, Dottore, das sagte er nicht im vertrauten Kreis, diese Worte sprach er öffentlich in Rom."

Hoffmann war sich unschlüssig, ob er D'Aquilo auf den Leim gehen sollte, blieb aber reserviert und trank lediglich von dem Wein.

„Kommen Sie nach Italien, nach Rom, nach Mailand. Sie sind ein Wissenschaftler. Bei uns dürfen Sie arbeiten. Sicher, bei uns gibt es auch einige Schreihälse, aber ist das ein Vergleich zu Ihrem Deutschland? Denken Sie an meine Worte."

„Sie belieben zu scherzen, mein Herr." entgegnete Hoffmann.

„Erstens spreche ich kein Italienisch, dann bin ich staatenlos und so einfach komme ich in kein Land, bekomme keine Arbeitserlaubnis. Und zweitens, Sie haben zwar keinen Hitler, dafür gibt es bei Ihnen auch Schreihälse, wie die Signori Farinacci oder Preziosi, auch nicht gerade Philosemiten. Wer will schon vom Regen in die Traufe."

„Sie übertreiben, Dottore. Ich habe vorigen Monat einem Konzert in Rom beigewohnt, der deutsche Botschafter war anwesend, und was wurde gespielt: Mendelssohn. Außerdem ist das Wetter in Wien auch nicht immer Sonnenschein. Überhaupt, die Wetterlage in Europa ändert sich.

Schlafen Sie gut. Wir werden morgen zeitig aufbrechen, daher glaube ich nicht, dass wir uns noch einmal sehen werden. Vergessen Sie mich, das ist übrigens ein Befehl, aber beherzigen Sie, was ich gesagt habe. Stia Bene."

Er legte Hoffmanns Zimmerschlüssel auf den Tisch.

Hoffmann ging auf sein Zimmer. Kurz vor dem Einschlafen fiel ihm ein, dass er die französischen Worte nicht vergessen wollte. Er stand noch einmal auf, drehte das elektrische Licht an und setzte sich an den kleinen Tisch. In der Hoffnung sie am nächsten Morgen in einem Lexikon finden zu können, schrieb er sie noch schnell auf.

XVI.

Über Nacht waren die Wolken hochgestiegen. Der Morgen war grau, aber man konnte wenigstens die Berge wieder sehen. Hoffmann wachte zeitig auf und konnte gerade noch aus seinem Fenster heraus die abmarschierenden Italiener fotografieren.

Vor dem Frühstück schaute er in der Hüttenbibliothek vorbei. Der Hüttenwart war gerade dabei, Bücher in Kisten zu packen. Vor sich hatte er eine Liste liegen, in die er gelegentlich hineinschaute.

„Anordnung der Sektion. Was soll ich machen." sagte er sich entschuldigend zu Hoffmann, der ihn verwundert angeschaut hatte.

„All die teuren Bücher hat der Herr Geheimrat gespendet. Und jetzt ist das ‚Undeutsches Schrifttum'."

„Haben Sie ein französisches Wörterbuch?"

„Ich glaub schon."

Kröll schaute in ein halbleeres Regal und nahm schließlich einen in Leder gebundenen Band heraus.

„Wissen Sie, ich muss einem Kollegen in Paris schreiben, wissenschaftlich."

Aber dem Hüttenwart war es anscheinend gleichgültig, warum ein Urlaubsgast einen französischen Brief aufsetzen musste. Seufzend blätterte er schon wieder in der Liste, hielt einige Bände mit dem Buchrücken vor die Augen.

„Mann, Heinrich. Raus. Mann, Klaus, haben wir nichts. Mann, Thomas. Raus."

Kreuzhakler schaute herein.

„Das wurde aber auch langsam Zeit."

Den Hüttenwart beachtete er nicht weiter.

„Tja, Herr Doktor, da sehen Sie den ostmärkischen Schlendrian. Überall muss man seine Augen haben. Platz muss geschaffen werden für neue Bücher. Kennen Sie übrigens die Arbeiten von Mehl, Enzensperger oder Himmelheber?"

Hoffmann konnte nur verneinen.

„Aber Herr Doktor. Das muss doch jeden deutschen Bergsteiger interessieren. Wußten Sie, dass schon zu Plutarchs Zeiten Germanen die Berge aus purer Freude bestiegen haben, da musste nicht erst ein Petrarca kommen und auf diesen lächerlichen welschen Mont Ventoux steigen."

„Mein Herr, mich interessiert augenblicklich kein Matterhorn, kein Weißhorn, kein Schwarzhorn, nur das Horn, was wir Butterkipfel nennen. Guten Morgen!" Er klemmte sich das Wörterbuch unter den Arm und ließ Kreuzhakler stehen.

„Über den Erstbesteiger des Sinai hätte ich Dir was erzählen sollen." dachte er so bei sich. Das Frühstück schmeckte ihm besonders gut. Trotz des bedeckten Himmels beschloss er, endlich einige Fotografien zu machen. Das Wörterbuch vergaß er.

Von seinem Zimmer holte er die Kamera und ging um die Hütte herum. Dabei hatte er die Gelegenheit, fast jeden der Gäste zu fotografieren, ohne dass sie es merkten. So gaben sie sich natürlich und nicht verkrampft. Hoffmann zog das vor.

Am nächsten Morgen war das Wetter auch nicht besser, aber die meisten der Gäste hatten beschlossen, auf Tour zu gehen. Der Geheimrat und Hoffmann waren alleine im Speisesaal.

„Guten Morgen, Herr Doktor. Setzen Sie sich doch zu mir her."

„Aber gerne, Herr Faffner."

Er nahm an dessen Tisch Platz und die Serviertochter räumte das Gedeck um.

„Leider kein allzu schöner Tag. Aber ich bin ohnehin zu alt, um noch auf die Berge zu steigen."

Hoffmann köpfte gerade genüsslich sein Frühstücksei.

„Ja, mein Soll habe ich auch erfüllt. Heute schaue ich mir lieber die Berge von unten an."

Der Geheimrat erzählte ihm von seinen Erstbesteigungen in den Zillertaler Alpen, die nun schon ein halbes Jahrhundert zurücklagen. Als er die Namen der Gipfel und Routen aufzählte, konnte Hoffmann sich nicht beherrschen und musste laut auflachen.

„Große Mösele, Greiner, Löffler, Mörchner, was sind das nur für Namen. Und dann einen Gletscher Kees zu nennen? Wissen Sie, vielleicht sollte Tirol ganz italienisch werden. Auf der Karte habe ich gesehen, dass ein Berg am Brenner ‚Wurmmaulkopf‘ hieß, jetzt ist es die ‚Cima Valmala‘. Das klingt doch schon ganz anders.“

Aber Faffner ging darauf nicht ein und sprach weiter über seine Bergtouren.

XVII.

Nach dem Frühstück setzte sich Hoffmann auf die Terrasse. Es war kühl geworden, und er musste seinen Pullover überziehen. Er rauchte einen Zigarillo und stand gelegentlich auf, um durch das Teleskop zu schauen.

An einigen Bergen konnte er als winzige Punkte Bergsteiger ausmachen, aber wer es war, das erkannte er nicht. Gegen Mittag wanderte Hoffmann zu einem nicht weit entfernten Bergsee. In einer Bergwiese, wenig oberhalb der Hütte, sah er Karin Sternthal liegen. Einen kleinen Malblock hatte sie aufgeschlagen, aber war überm Zeichnen eingeschlafen.

Er marschierte weiter. Der Weg war aufgeweicht und stieg steil an. Für den Schmutz und die Anstrengung entschädigte ihn der Bergsee mit seiner wunderschönen Lage. In einem kleinen Talkessel lag der Schwarzensee. Die umliegenden Gipfel spiegelten sich in ihm. Nur ein blauer Himmel fehlte, um den Eindruck perfekt zu machen. Der war in den letzten Stunden sogar noch finsterer geworden. Die Wolken sanken wieder und einzelne Regentropfen begannen zu fallen. Hoffmann hatte sich auf einen trockenen Stein gesetzt, die Jacke aufgeknöpft und ein wenig ausgeruht. Die Hitze vom Aufstieg wich einer schleichenden Kälte. An den Hosenbeinen spürte er zuerst die Kälte. Aus dem Rucksack holte er Pullover und Regenjacke. Unter die Regentropfen mischten sich nun schon einzelne Schneeflocken. Er entschloss sich zum Abstieg.

Die Temperatur fiel. So schnell er auch abstieg, der Regen wandelte sich in Schneefall. Die dicken bauschigen Flocken wichen feinen rieselnden Kristallen. Mit jeder Minute verschlechterte sich die Sicht. Ringsherum wurde alles weiß, und er musste sich sehr auf den Weg konzentrieren, um sich nicht in dem weißen Einerlei zu verlieren. Die Kapuze der Regenjacke schützte ihn vor der Nässe, aber sie hinderte die Schneeflocken nicht, so stark in sein Gesicht zu wehen, dass er kaum die Augen aufhalten konnte. Er setzte die Sonnenbrille auf. Es wurde noch dunkler, aber nun konnte er wenigstens ungestört geradeaus schauen. Der markierte Weg war völlig verschwunden. Die farbigen Streifen, die in einigen Abständen auf die Felsen gemalt waren, verbarg eine weiße Schicht. Jedes Mal, wenn Hoffmann glaubte sich verirrt zu haben, stieß er wieder auf einen Hinweis, einen Felsbrocken, an dessen ungewöhnliche Form er sich erinnern konnte oder einen Wegweiser, vor den er in dem Schneetreiben fast gelaufen wäre. Schließlich war das Schneetreiben so dicht, dass er von dem Wegweiser, der keine zehn Meter vor der Hütte stand, das Eingangsportal nicht erkennen konnte. Die vornehme Eingangshalle wollte er nicht nass machen, also ging er um die Hütte herum auf die Terrasse. Das warme Licht des Speisesaals schien jetzt besonders anziehend in der feuchtkalten Außenwelt. Er beeilte sich, die nassen Klamotten auszuziehen. Als er auf seine Uhr blickte, war es gerade erst gegen halb vier Uhr.

Hoffmann saß schon bei einem wärmenden Grog, als die anderen Gäste, müde und nass, von ihren Touren zurückkamen. Draußen lag eine durchgehende Schneedecke, die mit jeder Minute höher wuchs. Dazu wurde es zunehmend kälter.

Schon vor dem Abendessen fand man sich im gut geheizten Speisesaal ein, setzte sich für eine Weile an die Tische der anderen und unterhielt sich über seine Tour. Die jungen Faffners zeigten einige Granate, die sie gefunden hatten.

„Zu meiner Zeit war Granatschmuck eine kleine Kostbarkeit. Nun ist er leider etwas aus der Mode gekommen." bedauerte der Geheimrat und gab ein besonders schönes, etwa walnussgroßes Stück, das matt, aber tiefrot auf einem von Glimmer übersäten Felsstück saß, an Hoffmann weiter. Der betrachtete es genüsslich. „Interessieren Sie sich für Mineralien?" fragte ihn die Tochter. „Für mich sehen sie zwar alle gleich aus, aber ein schönes Stück sehe ich mir gerne an."

„Entschuldigen Sie", Latimer nahm es ihm aus der Hand, „was sagten Sie, wo Sie es gefunden haben?"

„Am Ochsnerkarr." mischte sich der Kommerzienrat ein. „Dort liegt ein ganzes Vermögen herum, wenn dieser Stein jemals wieder in Mode kommt."

Die Unterhaltung vor dem Abendessen blieb beim Thema Schmuck und Mode. Die Schauspielerin imitierte zu aller Erheiterung sehr echt Mannequins auf dem Laufsteg.

Als die Vorsuppe aufgetragen wurde, herrschte eine ausgelassene Stimmung. Noch während des Essens, das wieder ganz ausgezeichnet war, kam der Hüttenwart herein. Verlegen trat er an des Geheimrats Tisch und flüsterte mit ihm, dann ging er scheinbar erleichtert in die Küche. Nachdem man an allen Tischen das Dessert beendet hatte, stand Faffner auf, als wolle er eine Ansprache halten.

XVIII.

Es dauerte einige Sekunden, bis die Zuhörer die Worte begriffen hatten, dass es sich nicht um die Fortsetzung der scherzhaften Laune des Abends handelte.

„Meine Damen und Herren. Der Hüttenwart hat mir eben mitgeteilt, dass einer unserer Bergkameraden noch immer nicht von seiner Tour heimgekehrt ist. Das muss uns besorgt stimmen."

Tatsächlich fiel es Hoffmann erst jetzt auf, dass Kreuzhakler nicht an seinem Platz saß.

„Bei diesem Unwetter können wir nichts unternehmen." fuhr der Geheimrat fort. „Aber bitte, wenn Sie den Herrn Standartenführer heute irgendwo gesehen haben, bitte teilen Sie das dem Hüttenwart unbedingt mit. Ich danke Ihnen."

„Da sieh mal an", dachte Hoffmann bei sich, „die Herren Geheimrat Faffner und Kreuzhakler kennen sich also. Ein SS-General auf Urlaub in den Bergen, wie putzig."

Er hatte kein gutes Gefühl, wenn er an den Mann dachte, darum setzte er sich an Latimers Tisch, bot ihm eine Zigarre an und begann ein Gespräch über englische Kriminalromane, an dem sich der Engländer lebhaft beteiligte. Der Abend verging sorglos.

XIX.

Der nächste Morgen bot das Bild einer Winterlandschaft, wenn man zum Fenster herausblickte. Es fielen nur noch einzelne Schneeflocken, aber dafür lag der Schnee fast überall einen Meter hoch. Hoffmann fand das für den Juli ganz beachtlich.

Bis zum Frühstück war Kreuzhakler noch immer nicht zurückgekehrt. Der Geheimrat ging von Tisch zu Tisch und erklärte, dass eine Suchmannschaft schon bei Anbruch der Dämmerung losmarschiert sei. Leider könne man vorerst auf keine Unterstützung der Bergwacht aus dem Tale hoffen, da ein Bergsturz den Weg in der Schlucht unpassierbar gemacht habe.

„Ich kann Ihnen aber im Namen der Berliner Sektion mitteilen, dass keine Unannehmlichkeiten eintreten werden, da wir mit Nahrungsmitteln reichlich versorgt sind."

Es fühlte sich aber niemand von dieser Nachricht beunruhigt. Wenn man in den Bergen in einem geheizten Speisesaal mit dem Komfort eines Luxushotels sitzt, mag einem der Gedanke an Komplikationen gar nicht erst kommen. Einzig bedrückend wirkte sich die Nachricht vom Ausbleiben Kreuzhaklers aus.

Hoffmann fragte sich, was es sei, das ihn ebenso wie die anderen Gäste trotzdem beunruhigte. Er hatte nicht den Eindruck, dass auch nur einem von ihnen etwas an dem Nazi läge. Hätte er erfahren, dass der im Tal bei einem Eisenbahnunglück schwer verletzt worden sei, es hätte ihn kaum berührt.

Im Krieg war das Grauen alltäglich gewesen, aber in der Abgeschiedenheit der Bergwelt zu sitzen und auf jemanden zu warten, der nicht von seiner Tour zurückkam, das war ihm unheimlich. Wenn er daran dachte, wie hinterhältig leicht man in eine Gletscherspalte fallen oder von einer Felswand stürzen konnte, wurde ihm beim Anblick des verschneiten, freundlich wirkenden Panoramas, das hinter den großen Glasfenstern tückisch lauerte, blümerant. Er drückte seinen Zigarillo aus und bestellte einen doppelten Enzian. Als sich dessen wärmende Wirkung in seinem Magen einstellte, schwor er niemals mehr alleine auf einem Gletscher zu lustwandeln.

Den Tag verbrachte er in der Umgebung des Hauses. In einer von der Hütte uneinsehbaren Senke rollte er den Schnee zu großen Ballen und baute einen Schneemann, mit dem er sich gemeinsam mittels seines Selbstauslösers ablichtete.

Zur Mittagszeit bevölkerte eine kleine Kolonie von Schneemännern das Tälchen. Hoffmann traf unvermittelt ein Schlag auf den Rücken. Er drehte sich ruckartig um und schon platschte ihm ein zweiter Schneeball mitten ins Gesicht. Heimlich hatte ihm Karin Sternthal schon eine ganze Weile zugeschaut. Hoffmann ließ sich nicht lumpen, und es entspann sich eine zünftige Schneeballschlacht. Gemeinsam vollendeten sie die Kolonisierung des Tälchens. Das weiße Völkchen nahm sich sehr seltsam in der grasgrünen Senke aus, denn nahezu aller Schnee war aufgebraucht. Hoffmann wunderte sich, als er verschnaufend zuschaute, wie wenig sie das Verschwinden ihres Begleiters berührte.

Im Speisesaal war die Stimmung unverändert. Die Suchmannschaft war noch nicht zurückgekehrt. Der Geheimrat hatte sie gelegentlich durch das Teleskop beobachtet, aber es gab kein Anzeichen eines Erfolges.

Das Wetter blieb stabil. Nur vereinzelt fielen einige Schneeflocken. Alle Gäste blieben in der Hütte und verfolgten mit ihren Feldstechern oder durch das Teleskop die Bemühungen der Rettungsmänner.

Erst als es dunkel wurde, kehrte die Suchmannschaft zurück. Der alte Kröll hatte sie persönlich geleitet. Müde und abgekämpft traten sie in den Speisesaal. Der Hüttenwart erstatte dem Geheimrat sofort Bericht, und die anderen zogen sich zurück. Dabei überreichte er einen Eispickel. Schließlich erhob sich Faffner wieder zu einer Ansprache.

„Es scheint, wie mir berichtet wird, dass sich ein Unglück zugetragen hat. Die Suchmannschaft unter der erfahrenen Leitung Krölls hat leider“, er zögerte eine kleine Weile, Herrn Kreuzhakler nicht bergen können. Als einzige Spur fand sich auf dem Horngrind, dem Grat, der zur Berliner Spitze führt, sein Eispickel. Morgen wird eine Mannschaft erneut suchen, eine andere auf den Gipfel steigen, um in dem Gipfelbuch nachzusehen, ob er dort oben angekommen ist und dann auf italienischer Seite Erkundigungen einziehen. Mehr, fürchte ich, können wir zurzeit nicht tun."

Kröll stimmte kopfnickend zu. Das Abendessen war beendet. Alle schien die Nachricht vom Verschwinden des Mannes zu berühren.

In der Nacht schlief Hoffmann schlecht. Immer wieder wachte er auf, dabei hatte er keine Alpträume. Es war mehr eine Ahnung, ein befremdliches Gefühl in einem einsamen Bergtal eingeschlossen zu sein, dazu umgeben von gewaltigen Schneemassen. Bei Tag vom Luxus der Hütte abgelenkt, war es ihm nicht aufgefallen. Im Halbschlaf aber malte er sich immer wieder aus, er geriete in eine hilflose Situation, er erlitt einen Unfall oder habe plötzlich eine akute Blinddarmentzündung. Es gelang ihm nicht, diese Vorstellung zu verscheuchen, obwohl er doch gar nicht alleine auf der Hütte war. Er musste sich wohl erst an den Zustand gewöhnen.

Über Nacht hatte es wieder geschneit. Auf der Terrasse lag der Schnee über anderthalb Meter hoch. Selbst im Winter hatte Hoffmann noch nie solche Mengen erlebt, da er immer in großen Städten gelebt hatte.

Die Wolken hingen nicht mehr so tief, trotzdem schien die Hütte ganz alleine in einem endlosen weiß-grauen Irgendetwas zu liegen. Vor dem Frühstück unternahm er einen kleinen Rundgang um die Hütte. Das Thermometer zeigte fünf Grad Kälte an. Vor vier Jahren hatte er um diese Zeit schwitzend in einem Liegestuhl am Lido von Venedig gelegen. Der Anlass war ein Kongress des Völkerbundes über Gerichtsmedizin gewesen.

Der Alltag in der Hütte wurde von dem ungewöhnlichen Wetter nicht berührt. Das Hüttenwartsehepaar und die Serviertochter bereiteten das Frühstück für die Gäste, wie jeden Tag. Und die gleiche Gesellschaft versammelte sich im Speisesaal.

Trotz des Wetters brachen die beiden Suchmannschaften auf. Hoffmann schaute ihnen zu, wie sie sich durch den Schnee kämpften, Bis über die Knie sanken die Männer bei jedem Schritt ein.

XX.

Gegen Mittag, Hoffmann saß noch im Speisesaal und las, sah er jemanden, sich auf seltsame Weise fortbewegend, auf die Hütte zu kommen. Es war ein betulicher Gang, Schritt für Schritt sorgfältig gesetzt. Dazu benutzte der riesige Mensch einen Skistock, den er in großen Schwüngen in den Schnee steckte. Schließlich erkannte er, dass diese Person keineswegs ein Riese war, vielmehr nur ein Mann, der auf geflochtenen Schneeschuhen ging und daher nicht in dem Schnee einsank. Er überquerte die kleine Holzbrücke, verschwand für eine kurze Weile hinter dem kleinen Hügel bei den Wirtschaftsgebäuden, und schon stand er auf der Terrasse. Er löste die Gurte, mit denen die Schneeschuhe an seinen Bergschuhen festgeschnallt waren, setzte eine hölzerne Kiepe ab und schüttelte den Schnee von seiner Kleidung. Er klopfte an das Küchenfenster.

Hoffmann stand auf und schlich sich an die Türe. Kröll kam auf die Terrasse, und sie unterhielten sich. Der Neuankömmling sprach Dialekt, aber nicht tirolerisch. Münchnerisch konnte er von Niederbayerisch nicht unterscheiden, aber Bayerisch war es auf jeden Fall. Die Unterhaltung schien eine Bestellung von Lebensmitteln und Holz zu sein. Der Bayer schimpfte mächtig auf das Wetter, ihm sei das Holz ausgegangen und er wolle gleich einiges mitnehmen.

Sie fielen beide immer tiefer in ihren Dialekt, verstanden sich aber anscheinend ganz ausgezeichnet, nur Hoffmann konnte kaum ein bekanntes Wort ausmachen. Darum trat er auf die Terrasse hinaus.

„Grüß Gott, ein bescheidenes Sommerwetter."

Als Antwort bekam er nur einen bayerischen Fluch zu hören. Hoffmann besah sich den Mann während er sich mit ihm unterhielt. Der war noch jung, dachte er, vielleicht gerade 25 Jahre alt. Der Blick war auffällig: Wenn man ihn ansah, verstand man die Redensart vom „Blick eines gehetzten Tieres". Ansonsten sah er wie irgendein Bergbewohner aus, sonnengebräunt, mit einem dunklen, recht langen Bart.

Seine Kleidung war allerdings merkwürdig zusammengewürfelt. Er trug Wickelgamaschen über einer braunen Reithose, darüber eine weiße Plane mit einer angenähten Kapuze, die er wie einen Poncho trug. Was er darunter anhatte, konnte Hoffmann nicht erkennen, aber der steifen Schirmmütze unter der Kapuze, auch wenn alle Bänder und Kokarden entfernt waren, sah er ihre Herkunft sofort an. Es war die Mütze eines SA-Mannes gewesen.

Von dem jungen Mann erfuhr er wenig, nur, dass er der Bewohner der einsamen Hütte in dem Gletscherkarr war. Er behauptete dort Urlaub zu machen, er liebe die Einsamkeit. So, wie die Hütte vor Eindringlingen geschützt war, gab es für Hoffmann keine Zweifel an diesen Worten. Von der Serviertochter erfuhr er später immerhin, dass der junge Mann aus Füssen von einem Gehöft stammte, allerdings zuletzt in München gelebt haben musste. Es sei nun schon sein dritter Sommer in der Hütte, die er sich für seine Zwecke aus dem alten Unterstand aufgebaut hatte.

Die Kiepe voller Brennholz und mit einigen Lebensmitteln versehen, ging der junge Mann auf seinen Schneeschuhen zu der einsamen Hütte zurück.

Die erste Suchmannschaft kehrte schon kurz nach Mittag unverrichteter Dinge zurück. Auch die zweite hatte keinen Erfolg gehabt. Im Gipfelbuch hatten sie keinen Eintrag gefunden und die Grenzer, die sie auf italienischer Seite befragten, hatten auch niemanden gesehen.

XXI.

Im Speisesaal saß Hoffmann in der Nähe des Ofens und trank einen Kaffee. Gerade war die Suchmannschaft heimgekehrt. Wenig später trat Kröll an Hoffmanns Tisch.

„Der Herr Geheimrat wünscht Sie zu sprechen, Herr Doktor."

„Bin schon unterwegs."

Er trank seine Tasse leer und folgte dem Hüttenwart in das erste Geschoß des Hauptgebäudes.

Er betrat zum ersten Mal das Zimmer des Geheimrats. Es war eine Art Salon, im Stil der Jahrhundertwende eingerichtet, mit schweren Polstersesseln, einer Chaiselongue, geschnitzter Holztäfelung und dunklen Brokatvorhängen an den Fenstern. Das Zimmer war etwa dreimal so groß wie sein eigenes und obendrein mit einem eigenen Ofen geheizt. Der Geheimrat saß in einem Sessel und bat Hoffmann ebenfalls Platz zu nehmen. Kröll blieb hinter dem Geheimrat stehen.

„Verzeihen Sie, Herr Doktor, dass ich Sie heraufbemüht habe."

„Aber nicht doch. Bei dem Wetter ist man ohnehin nicht gerade beschäftigt."

„Herr Doktor, Sie repräsentieren hier oben sozusagen die höchste Autorität. Sie sind Österreicher und bei der Wiener Polizei."

Hoffmann wollte ihm verbessernd ins Wort fallen, aber Faffner ließ es gar nicht erst so weit kommen.

„Das Verschwinden unseres Bergkameraden beunruhigt uns. Sie müssen wissen, dass er ein prominentes Mitglied unserer Sektion ist. Im Augenblick sind wir sowohl vom Tal abgeschlossen, also auch von jeder Hilfe von dort, also auch kaum in der Lage, einen Vermissten in diesem Unwetter zu finden. Es ist anzunehmen, wenn Herrn Kreuzhakler ein Unglück widerfahren ist, dass er nirgendwo hat Schutz suchen können."

„Aber was kann ich Ihnen dabei schon helfen? Ich bin zwar Arzt..." entfuhr es Hoffmann. „Nicht Ihre Dienste als Arzt sind gefragt. Es ist mir auch klar, dass wahrscheinlich jede Hilfe zu spät kommt.

Sie sollen nichts anderes tun, als, nennen wir es einmal, ermitteln. Damit hätten wir, wenn eine zuständige Behörde eingeschaltet werden kann, unserer Pflicht als Hausherr dieser Hütte genüge getan. Alles andere überlasse ich Ihnen.“

Es war Eitelkeit, die Hoffmann diese Aufgabe übernehmen ließ, und er wusste schon jetzt, dass er sich später darüber ärgern würde. Mit einigen Worten des Bedauerns hätte er dem Geheimrat erklären können, er sei staatenlos, zudem nur Gerichtsmediziner und schon gar nicht von der Polizei.

Beim Abendessen sprach er mit Latimer über das Anliegen des Geheimrats.

„Tut mir leid, aber ich verstehe nicht, was er damit bezweckt.“ Latimer war sehr verwundert.

„Schließlich ist es etwas Alltägliches, dass Bergsteiger verunglücken. Ich schätze, Sie ersparen sich Verdruss, wenn Sie das Polizeispielen sein lassen.“

„Leider habe ich dem Geheimrat bereits zugesagt.“ Hoffmann kamen nun auch Zweifel. „Wahrscheinlich ist es deutsche Ordnungsliebe. Der Geheimrat ist der Hausherr und fühlt sich verantwortlich für seine Gäste. Ich werde ein wenig meine ‘kleinen grauen Zellen’ arbeiten lassen und Schluss. Wahrscheinlich ist Kreuzhakler dann längst aus Italien zurück, oder wohin auch immer er sich verirrt hat.“

Latimer zuckte nur mit den Schultern.

„Es ist Ihr Urlaub. Aber wenn Sie auf etwas Interessantes stoßen, lassen Sie es mich wissen.“

Hoffmann war von seiner eigenen Beschwichtigung nicht so überzeugt. Es kamen ihm zum ersten Mal ernsthafte Zweifel; wie er sich eingestand völlig unbegründet, ob Kreuzhakler vielleicht doch kein Unglück widerfahren war. Aber es schien ihm doch zu unsinnig, obwohl es einige auf der Hütte gab, die nicht ganz aufrichtig zu sein schienen, was ihre Bekanntschaft mit Kreuzhakler anging.

Noch am gleichen Abend befragte er Kröll in der Hüttenwartsloge nach den Touren der anderen Gäste an dem Tag des Verschwindens Kreuzhaklers. Er habe sich persönlich bei ihm abgemeldet und als Ziel die Berliner Spitze angegeben, erzählte ihm der Hüttenwart. Als er ihn auf die Wetterlage aufmerksam machte, schien er über die Tour so gut Bescheid zu wissen, dass er sich keine Gedanken gemacht habe. Gegen acht Uhr war Kreuzhakler aufgebrochen. Normalerweise hätte er nach etwa vier bis fünf Stunden auf dem Gipfel stehen müssen. Vielleicht hatte er sich auch einfach nicht in das Gipfelbuch eingetragen. Erst gegen drei Uhr nachmittags habe der Schneefall eingesetzt.

„Allerdings" gab er zu bedenken, „liegt der Gipfel um die 3.300 Meter, also kann es dort schon einiges früher geschneit haben."

Das stimmte mit Hoffmanns Erfahrung überein. Der Schwarzensee lag auf 2.400 Meter und dort, so schätzte er, hatte es schon um 14 Uhr angefangen zu schneien.

Nicht alle Gäste hatten ihre Touren angeben.

„Herr von Gerstmieten hat den Schwarzenstein bestiegen. Und die jungen Herrschaften waren am Hausberg, dem Ochsner", wusste Kröll aber zu berichten."

XXII.

Hoffmann kehrte in den Speisesaal zurück. Von Gerstmieten saß noch an seinem Tisch und rauchte eine Zigarette. Er beschloss die Gelegenheit zu nutzen.

„Sie gestatten?" Hoffmann kam sich etwas wichtigtuerisch vor.

„Bitte." Von Gerstmieten lud ihn ein, Platz zu nehmen.

Eigentlich hatte er vorgehabt, den Gästen genau auseinanderzulegen, warum er sie befragen wollte. Aber es schien ihm doch etwas albern, also überlegte er eine andere Strategie.

„Der alte Kröll hat mir gesagt, Sie seien auf den Schwarzenstein gestiegen?"

„Ja, es ist eine angenehme Tour, es geht lange über einen Gletscher."

Hoffmann heuchelte Interesse, fragte nach der Zeit, die man für die Tour benötigte, erkundigte sich nach dem Weg und nach dem Unwetter. Ohne dass er das Gespräch lenken musste, kam der Diplomat ganz von selbst auf den Nazi zu sprechen.

„Übrigens habe ich Herrn Kreuzhakler noch beim Abmarsch gesehen. Ich bin erst eine Stunde später los. Das war das letzte Mal, dass ich ihn gesehen habe. Der Weg zum Schwarzenstein geht ja ganz woanders her. Gegen zwei Uhr war ich auf dem Gipfel, ohne gute Sicht, und da fing das Schneetreiben auch schon an. Ich war heilfroh, als ich wieder in der Hütte saß."

Von Gerstmieten war tatsächlich kurz nach ihm eingetroffen, wie er sich jetzt erinnerte. Es erstaunte ihn, dass der Diplomat ein so kundiger Bergsteiger war. Eigentlich hatte er den Eindruck gemacht, er gehöre nicht in die Berge. Aber Hoffmann interessierte sich für etwas anderes viel mehr und ging daran, die Gelegenheit zu nutzen.

„Was für ein Glück für die italienischen Bergsteiger von gestern, dass sie so früh aufgebrochen sind. Wer weiß, wohin sich der Oberst ein zweites Mal verirrt hätte."

Das Erwähnen des Namens wirkte prompt. Von Gerstmieten blickte sich nervös um, drückte die Zigarette hastig aus und schaute Hoffmann an. Um seinen Mund zeigte sich ein abschätzendes Lächeln. Hoffmann hatte gemerkt, dass ihn der andere taxierte, aber wie es schien, kam er nicht gut weg. Wie ein vorlauter Schulbub saß er schuldbewusst an dem Tisch und überlegte krampfhaft, wie er aus der peinlichen Situation herauskäme.

„Gute Nacht." Der Diplomat stand auf und verließ den Speisesaal.

XXIII.

Es schneite noch immer. Es war unglaublich kalt für diese Jahreszeit. Latimer und Hoffmann standen an dem Ofen, der noch eine restliche Wärme ausstrahlte. Sie schauten in das Schneetreiben.

„Ich gebe zu, Sie hatten Recht. Es hat mir schon einigen Verdruss bereitet, mein Detektivspiel."

Hoffmann wartete auf einen besserwisserischen Einwand, der aber ausblieb.

„Mir ist es selber peinlich, offizielle Fragen zu stellen. Aber jeden, den ich noch so unverfänglich frage, jeder erzählt mir etwas über Kreuzhakler, als könnten sie es mir alle von der Nasenspitze ablesen."

„Ein Mann verschwindet in den Bergen. Da denkt eben jeder an ihn." wandte Latimer ein.

"Vielleicht", gab Hoffmann zu bedenken, er war zu müde, um an mehr zu denken.

Die letzten Tage auf der eingeschneiten Hütte wurden zum alltäglichen Einerlei. Gut anderthalb Meter Schnee lagen draußen und man konnte nichts mehr unternehmen, außer auf das unausbleibliche Tauwetter warten. Dass die Speisefolge unter dieser Notlage sich nicht zum Schlechten änderte, war einer der wenigen erfreulichen Fakte. Der Weg ins Tal war noch immer unpassierbar, und Hoffmann konnte sich schon ausmalen, dass er seine Arbeit nicht pünktlich würde wieder antreten können.

Seine Ausfragereien hatte er aufgegeben. Selbst der Geheimrat schien nicht mehr daran zu denken. Bei dem Wetter konnte man ohnehin nichts tun, als die Zeit totschlagen.

Dann setzte das Tauwetter ein. Hoffmann war nun schon fast zwei Wochen auf der Hütte. Es fiel ihm schwer, an Wien und die Arbeit, die auf ihn wartete, zu denken.

Der Schneefall wandelte sich zu Regen, der zwar das Schmelzen des Schnees noch beschleunigte, aber auch niemanden ermunterte nach draußen zu gehen.

Am Tage vor Hoffmanns geplantem Abstieg teilte Kröll den Gästen mit, dass es nun gelungen sei, den Weg durch die Klamm wieder frei zu schaufeln. Wer also ins Tal müsse, der könne jetzt hinab.

Nach dem Abendessen ging Hoffmann von Tisch zu Tisch, um sich zu verabschieden. Dabei stellte sich heraus, dass bis auf Latimer alle Gäste abreisten.

Die letzte Nacht schlief er ausgezeichnet, obwohl er sich von dem Schweinebraten, den es gab, reichlich bedient hatte. Er schlief lang und als er in den Speisesaal trat, sah er, dass er wieder der letzte war. Die Familie Faffner, teils zu Pferd, teils zu Fuß marschierte gerade ab. Es ärgerte ihn, denn so konnte er der Karawane seinen Rucksack nicht mehr mitgeben.

Er ließ sich Zeit mit dem Frühstück, denn er wollte von Innsbruck erst den Nachtzug nehmen. Latimer, gerüstet für eine Exkursion, trat an seinen Tisch.

„Ich möchte mich noch von Ihnen verabschieden, und Sie um einen kleinen Gefallen bitten. Leider hatte ich die Briefe noch nicht rechtzeitig fertig, um sie ins Tal zu geben."

Hoffmann steckte die zwei Umschläge ein und verabschiedete sich nun seinerseits.

Eine halbe Stunde später blickte er sich ein letztes Mal zu der Hütte um. Es regnete zwar nicht mehr ununterbrochen, aber der Weg war trotzdem sehr unangenehm. Die Pferdehufe hatten die Erde aufgewühlt, und er sank mit jedem Schritt in dem Matsch ein. Als er auf die nächste Alp kam, ging es schon besser, denn hier war der Schnee gänzlich weggetaut. Heftige Regenschauern ließen ihn immer wieder, wenn er nur eben konnte, Unterschlupf an Heuschobern oder unter Bäumen suchen, trotzdem langte er völlig durchnässt in dem Alpengasthof Breitlahner an.

Bei einem Grog wärmte er sich in der Stube ein wenig auf. Die Serviertochter hatte schon von dem Verschwinden Kreuzhaklers erfahren und sprach ihn darauf an. Er erzählte ihr das wenige, was er wusste. Inzwischen war eine Mannschaft der Bergwacht auf einem Lastkraftwagen eingetroffen, die sich für den Aufstieg bereit machte.

Froh nutzte er die sich bietende Gelegenheit, bis zur nächsten Alpenpoststation in dem Wagen mitzufahren. Die Schauer waren wieder in Dauerregen übergegangen, und er saß zufrieden in dem zugigen Gefährt, obwohl der Fahrer es für seinen Geschmack etwas zu schnell über die holprige Straße dirigierte.

3. Buch

I.

Moravec meldete sich nicht. Seit drei Wochen versuchte ich ihn zu erreichen. Die Hausverwalterin in der Laudongasse behauptete, er sei abgereist, auch der Verleger sagte mir das, wenn ich immer wieder anrief. Aber in der Lokalpresse las ich dann, dass er sich sehr wohl in Wien aufhielt. Auf einem Empfang des Bürgermeisters ließ er sich von Pressefotografen ablichten, hielt einen Vortrag vor einer UN-Arbeitsgruppe, trat im ORF in einer Talk-Show auf, nur für mich war er nicht in Wien.

Wie er es versprochen hatte, erhielt ich die Transskripte der Tagebücher. Mit der Post wurden sie mir zugesandt. Als Absender stand auf dem Päckchen der Verleger. Neugierig riss ich den Umschlag auf und entnahm einen dünnen Stapel Fotokopien eines mit der Schreibmaschine geschriebenen Textes.

Ich hatte die Tagebuchaufzeichnungen sorgfältig gelesen, wobei in mir ein Verdacht aufkeimte. Die Tagebücher, die aus den USA per Kurierdienst geschickt worden waren, schienen mir sehr viel umfangreicher als das, was sich in dem dünnen Stapel Papier wiederfand, der säuberlich aufgeschichtet vor mir lag.

Als ich seinerzeit bei Moravec in der Wohnung war, hatte ich zufällig gesehen, dass Hoffmann ein sehr gründlicher Tagebuchschreiber gewesen sein musste, denn allein das Jahr 1936 war in vier dicken Kladden aufgeschrieben. Mit einer dünnen Feder hatte er die Sütterlinzeichen ganz klein und akkurat auf das karierte Papier geschrieben. Ich stellte stundenlang Berechnungen an, wie viele Zeichen man so auf einer Seite unterbringen konnte. Schließlich kaufte ich eine ähnliche Kladde, malte mit einem hauchdünnen Bleistift kleine Phantasiebuchstaben auf das Papier und begann wieder zu rechnen.

Acht Schreibmaschinenseiten lagen vor mir, das entsprach etwa dem doppelten des Handgeschriebenen. Die Zahl der Tagebuchseiten veranschlagte ich mit 400, was, wenn er die Ereignisse eines jeden Tages mit einer Seite bedacht hätte, allein für den Zeitraum seines Aufenthalts im Zillertal und auf der Hütte genau dem Durchschnitt entsprochen hätte.

Ich hatte eine Probe von Hoffmanns Stil gelesen, und er erlaubte sich weitschweifige Beschreibungen und Kommentare. So bedeutend, wie die Ereignisse auf der Hütte waren, hätte das Transskript dreimal so dick sein müssen. Außerdem ärgerte ich mich über Moravec, dass er nur genau die Tage ausgewählt hatte, die Hoffmann in Tirol war, aber ich war mir sicher, dass er auch später in Wien darüber nachgedacht und Tagebuch geführt hat.

Und Moravec meldete sich nicht. Auch mit der Suche im Archiv kam ich nicht weiter. Trotz seines Versprechens mir behilflich zu sein, tat sich nichts. Großspurig hatte er mir meine Arbeitsweise vorgehalten und das arrogante „Arbeitsteilung, Fischer, Arbeitsteilung." lag mir noch in den Ohren. Bisher trug er wenig dazu bei. Ein Scheck von seinem Verleger war in der Tat gekommen, aber auf eine so unverschämt niedrige Summe ausgestellt, dass ich ihn um ein Haar vor lauter Verzweiflung zerrissen hätte.

II.

Also nutzte ich die Gelegenheit, als ich einen Anruf von der Redaktionsvertretung eines deutschen Nachrichtenmagazins erhielt. Es fiel mir schwer den Leuten vorzumachen, dass ich dazu unbedingt zu einigen Archiven in die Bundesrepublik reisen müsse. Irgendwie glaubte man mir nicht ganz, und ich musste in das Büro in der Telekygasse. Ich geriet ganz schön ins Schwitzen, aber dann erhielt ich eine Kreditkarte für eine Mietwagenfirma und einiges an Bargeld für die Spesen. Zu Hause traf ich Vorbereitungen, die mein Guthaben etwas verlängern sollten. Mit der Straßenbahn fuhr ich zu einem Avis-Büro und erhielt auf die Kreditkarte einen Kleinwagen. Ich machte einigen Ärger, aber es half nichts. Der Geschäftsführer, nach dem ich verlangte, bemühte sich mir freundlich auseinanderzulegen, dass er halt seine Anweisung habe und ein moderner Kleinwagen für eine Person überaus komfortabel sei. Er wusste natürlich nicht, dass ich über eine Mitfahrerzentrale schon zwei Plätze belegt hatte.

Am Westbahnhof holte ich die beiden Mitreisenden ab. Sie waren ganz in Ordnung, aber schließlich gingen sie mir doch auf die Nerven. Es ist eben keine Freude, in einem Kleinwagen mit durchgetretenem Gaspedal zu fahren und der Tachometer zeigt trotzdem nur 140 an. In Würzburg wurde ich die Mitfahrer los.

Ich beschloss, auf ein Bett in einem Hotel zu verzichten und ein auf dem Fotokopierer getürktes Rechnungsformular, von denen ich eine ganze Kollektion mitführte, auszufüllen, um so die Spesen trotzdem kassieren zu können. Kurz nach Mitternacht war ich wieder auf der Autobahn. Für die restliche Strecke bis Hamburg brauchte ich etwas länger. Zum Glück beschwerte sich jetzt niemand mehr über meine Kettenraucherei, und ich gestattete es mir, an fast jeder Raststätte einen Kaffee zu trinken.

Gegen fünf Uhr fuhr ich über die Elbe. An der letzten Raststätte, schon auf Hamburger Gebiet, hielt ich an und suchte mir einen

Parkplatz, der nicht zu sehr von den großen Mastleuchten erhellt wurde. Trotz der Riesenmengen an Nikotin und Coffein, die ich mir den ganzen Tag über zugeführt hatte, schlief ich sofort ein.

Es hatte sich etwas mit dem Komfort eines Kleinwagens. Ich wachte auf, mit einem Gefühl in den Beinen, als wäre ich ein Opfer des Prokrustes geworden. In der Raststätte machte ich mich frisch und frühstückte erst einmal, bevor ich mich in die fremde Stadt wagte.

III.

Es war nicht leicht gewesen, in das Archiv des Magazins zu kommen. Diese großen Verlage sind fürchterlich unpersönlich, man erhält nur Zutritt mit einem Ausweis. Allerdings hat das Nachrichtenmagazin eines der besten Archive, und wenn man erst hinein darf, ist man für die bürokratischen Unbilden entschädigt. Ich verbrachte den ganzen Tag in dem Archiv, ließ mir Artikelsammlungen kommen und alte Adressbücher. Es war eine Fundgrube, die mir half, jede Menge Zeit für weitere Recherchen einzusparen.

Karin Sternthal, so erfuhr ich, war schon 1944 bei einem Bombenangriff auf Köln ums Leben gekommen. Sie hatte 1940 nach dort geheiratet. Diese Spur konnte ich mir also schon sparen. Die anderen Namen, die ich in den Tagebüchern gelesen hatte, fand ich fast alle irgendwo wieder, so dass ich mir schließlich eine Reiseroute zurechtlegte. Für die Arbeit, für die ich bezahlt wurde, suchte ich eine weitere Stunde, aber das war eine reine Routinesache.

In der Kantine bekam ich noch etwas zu Essen. Ich überlegte, ob mein Plan klug sei, kam aber zu keinem anderen Schluss, als dass ich keine Alternative hatte, solange ich nicht die wahre Identität des Nazis Kreuzhakler aufdecken konnte. Aus dem Tagebuch ging ja hervor, dass einige der Gäste den Mann kannten.

Die Firma R. Faffner & Söhne hatte den Zweiten Weltkrieg und seine Nachwirren überstanden. Als die Rote Armee auf Berlin vorrückte, gelang es der Familie, sich mit den wertvollsten Habseligkeiten und den wichtigsten Papieren in den Westen abzusetzen.

Der Geheimrat war schon 1942 gestorben, und sein Sohn Tristan hatte die Geschicke des Familienunternehmens in die Hand genommen. Noch vor dem Krieg hatte er im Bergischen Land eine neue Produktionsstätte aufbauen lassen. Dorthin verlegte er 1945 den Hauptsitz. Die Enteignung des Friedrichshagener Betriebs in der SBZ traf die Firma kaum. Ich hatte erfahren, dass seine Schwester vor 15 Jahren gestorben war, dass er aber, nun über neunzigjährig, noch in Remscheid lebte.

IV.

In einem kleinen Hotel in Remscheid stieg ich ab. Ich war wieder in einer der mir verhassten Regenzonen dieses Erdteils gelandet.

Aus meiner Kollektion von Visitenkarten, entschied ich mich für die Identität des Dr. Will. D. Fischer, Produktionsassistent der Austria-Alpina Film- und Fernsehgesellschaft.

Eine plausible Visitenkarte hatte sich bei meinen Recherchen bewährt. Die Aussicht ins Fernsehen zu kommen, wirkt in unseren gemäßigten Breiten als besserer Türöffner, als eine Hundertdollarnote in den Bakschischländern. Trotzdem bedurfte es einiger Telefonanrufe, bis ich den alten Herrn selber sprechen konnte und eine Verabredung in der Tasche hatte.

Während ich zu der Fabrik fuhr, die ich auf Anhieb fand, rekapitulierte ich noch einmal, was ich über Faffner wusste. Es war nicht allzuviel, aber er sollte mich trotzdem vorbereitet treffen.

Die Fabrik war in mehreren kleinen Backsteinbauten aus den fünfziger Jahren untergebracht. Ich war etwas enttäuscht, denn ich hatte mir die Anlage viel größer vorgestellt. Der Pförtner wies mich in einen kleinen Empfangsraum. Es war keine Freude dort zu warten. Ich fühlte mich wie auf einer Zeitreise in die sechziger Jahre. Die leicht vergilbten Fotos an den Wänden und einige verstaubte feinmechanische Geräte in altertümlichen Vitrinen, deren Funktion ich nicht erkannte, waren das Interessanteste, was mein gelangweilter Blick aufspürte.

Nach fünf Minuten, die mir wie eine Ewigkeit vorgekommen waren, holte mich eine Sekretärin ab. Sie führte mich durch schmale Gänge, in denen es nach frischer Farbe roch, in einen Bürotrakt. Sie öffnete eine solide Eichentüre und ließ mich eintreten.

Der Raum war sehr groß, er mochte als Besprechungszimmer gedient haben. Die Wände waren holzgetäfelt, aber eine barbarische Hand hatte sie mit einer scheußlichen Lackfarbe übermalt, deren Farbton man verharmlosend ‚Eierschale‘ nennt. Es war folglich recht hell in dem Raum, auch wenn dicke Gardinen vor den Fenstern hingen. Über der Täfelung, die nicht bis zur Decke reichte, hingen einige Porträts. Die älteren waren Ölgemälde, dann einige Schwarzweiß-Fotografien. Auf zwei riesigen Platten waren Luftaufnahmen von der Fabrik aufgezogen. Das einzige Mobiliar waren ein Konferenztisch auf einem Chromgestell und ein altertümlicher, dunkler Schreibtisch. Die Stühle waren noch ganz neu. Der Stoff, mit dem sie bezogen waren, roch kein bisschen nach Staub.

Hinter dem Schreibtisch saß ein alter Herr, in der Pose des Unternehmers, aufrecht, aber nicht steif. Er begrüßte mich mit einem jovialen Lächeln und lud mich ein, an dem Konferenztisch Platz zu nehmen.

Während er durch eine Wechselsprechanlage Kaffee bestellte, schaute ich ihn mir genau an. Wäre ich ihm zufällig auf der Straße begegnet, an der markanten Nase hätte ich ihn auf jeden Fall erkannt. Sein Gesicht machte einen müden Eindruck, viele Falten und Krähenfüße unter den Augen gaben ihm einen vogeligen Ausdruck. Der fast kahle Kopf, die bleichen Augenbrauen und der wachsame Blick erinnerten mich an das Bild eines Marabus, das ich aus einem Schulbuch kannte. Seine Kleidung war leger, er trug kein Jackett, nur ein Fred-Perry-Hemd, das aber unsportlich bis zu seinem faltigen Hals zugeknöpft war.

Er stand auf und setzte sich mir gegenüber.

„Sie sind also vom Fernsehen." Dabei schaute er mich einen Augenblick sehr direkt an. Ich erzählte ihm noch einmal die Geschichte, die ich mir zurechtgelegt hatte. Das Landesstudio Innsbruck des ORF plane eine Serie über die Geschichte des Alpenvereins. Eine ganze Folge sei über die Zeit von 1933 bis 1945 geplant. Dem Einwand, warum von 1933 und nicht erst vom Anschluss, begegnete ich, bevor er ihn aussprechen konnte, mit einer plausiblen Überlegung. Aus Hoffmanns Aufzeichnungen und meinen eigenen Studien ging genug hervor, um eine solche Einteilung zu rechtfertigen. Schon vor 1933 musste der Alpenverein stramm faschistisch gewesen sein.

Meine Produktionsfirma wolle auch Zeitzeugen interviewen, erklärte ich ihm, und zu einem Vorgespräch sei ich halt angereist.

Zuerst ließ ich ihn erzählen. Kaffee wurde von einer Sekretärin hereingebracht und ich trank ihn eifrig. Ich erfuhr, dass sein Vater Gründungsmitglied der Berliner Sektion gewesen war und im vorigen Jahrhundert mit einigen berühmten Bergführern zwei Erstbesteigungen im Zillertal unternommen habe. Aber sein Vater und besonders seine Mutter seien übervorsichtig gewesen, was ihren einzigen Sohn anging. Er durfte zwar als Kind schon mit in die Berge, aber ernstliche Risiken waren ihm vorenthalten.

„Ich hatte mich aufs Wandern verlegt und das Filmen angefangen.“

„Ihr Vater war 1933 Sektionsvorsitzender, wie hat er sich verhalten?“ setzte ich ein, um langsam zum vermeintlichen Thema zu kommen. „Mein Vater hatte sich schon vor der Machtergreifung gegen eine Arisierung des Alpenvereins gewandt. Leider hatte er keinen Erfolg, im Gegenteil, er machte sich recht unbeliebt in Berlin. Schließlich hat er 1937, oder war es 38, alle seine Ämter niedergelegt.“

Langsam entzündete ich eine Zigarette und inhalierte den Rauch. Ich brauchte einen Augenblick Bedenkzeit. Was Faffner mir da erzählt hatte, stimmte nicht, denn ich wusste aus den Alpenvereinszeitungen, dass der Geheimrat erst 1940 aus Altersgründen zurücktrat und aus den anderen Ämtern ganz regulär, 'turnusmäßig' stand in den Protokollen, ausgeschieden war. Aber das mochte Wunschdenken des alten Herrn über seinen Vater sein, und ich beschloss ihn vorerst zu schonen.

Ich lenkte das Gespräch auf seine früheren Besuche auf der Hütte und seine Tätigkeit im Alpenverein, in dem er nie sonderlich aktiv gewesen war. Nach einigen unverfänglichen Schilderungen über das Bergsteigen in den dreißiger Jahren, die ich mir anhören musste, brachte ich das Gespräch auf seine eigene Nazi-Vergangenheit.

„Herr Faffner, Sie waren, soweit ich weiß, im Krieg Wehrwirtschaftsführer, waren also nicht nur Parteigenosse, sondern auch ziemlich exponiert. Wie sah denn in dieser Zeit Ihr Alpenverein nazimäßig aus?“

Auf meine Schnöseleien würde er anbeißen und tatsächlich ereiferte er sich, dass ich fast erschrak, ich hätte ihn zu sehr provoziert.

„Wir waren damals fehlgeleitet." fuhr er mich an, „Herr Hitler hat uns nach Strich und Faden betrogen. An Deutschland haben wir geglaubt."

Ein kalter, abkanzelnder Blick streifte mich.

„Es gibt auch heute wieder junge Menschen, die auf einen Führer reinfallen. Schauen Sie die Menschenmassen bei einem Rockkonzert an, wie dort die Masse auf ihre Idole reinfällt."

Mich ließ diese Anzüglichkeit völlig kalt, und ich rauchte zuhörend weiter.

„Aber ich habe gelernt, jawohl, dazugelernt. Mit meinen eigenen Händen musste ich nach dem Krieg die Latrinen in einem russischen Fremdarbeiterlager reinigen. Das ist eine harte Schule."

Als durchlebte er diese entwürdigende Situation noch einmal, fiel er in Schweigen und schaute starr vor sich hin.

Ich ließ einige Sekunden verstreichen.

„Herr Faffner, soviel ich weiß, waren Sie im Sommer 1936 auch auf der Berliner Hütte. Erinnern Sie sich noch daran?"

Es dauerte etwas, bis er mich anblickte.

„Sommer 36, das war ein fürchterlicher Sommer, es hatte nur geregnet und geschneit."

Der verschlossene Gesichtsausdruck entspannte sich. Ich sah, wie er mühsam in seinen Erinnerungen kramte. Sein Kopf bewegte sich langsam hin und her, und wieder erinnerte er mich an einen Marabu.

„Junger Mann, dabei habe ich Ihnen doch etwas Besseres zu bieten, als mein schlechtes Gedächtnis."

Er stand auf und ging zu dem Schreibtisch, drückte eine Taste und erwähnte einen Namen. Ich goss mir von dem restlichen Kaffee ein, der leider nur noch lauwarm war. Es klopfte und jemand betrat das Zimmer, der offensichtlich ein Elektriker war. Er trug einen blauen Kittel, und um den Hals hatte er einen Spannungsprüfer gelegt.

Faffner stellte ihn mir vor und wir schüttelten uns höflich die Hände. Der Mann ging zu einer Stelle in der Täfelung und klappte ein Brett auf. Dahinter sah ich in einen dunklen Raum, erkannte aber, dass ein Filmprojektor dort stand.

Eine Jalousie schloss sich, so dass wir im Dunkeln saßen. Der Elektriker hatte inzwischen eine Leinwand aufgespannt und war in den Nebenraum gegangen. Er schaltete den Projektor ein. Was ich nun zu sehen bekam, waren verschiedene Schwarz-Weiß-Filme, die Faffner mir beim stetigen Rattern des Projektors erläuterte. Er musste sie selber eine Ewigkeit nicht mehr gesehen habe, denn öfters korrigierte er sich.

Es war interessant, die Landschaft, die ich nur aus Hoffmanns Aufzeichnungen kannte, einmal zu sehen. Die Filme selbst erinnerten mich mit ihren zahlreichen Schwenks an Luis-Trenker-Filme, oder an Amateurfilme, wenn gerade wieder jemand in die Kamera lachte und dabei winkte.

Der Elektriker hatte schon mehrfach die Rollen gewechselt, als ich plötzlich gebannt auf die Leinwand schaute. Ein Schwenk an der Hütte entlang, in dem das Gegenlicht heftig überstrahlte, so dass man für Sekunden nur weiß sah, ging an einem Fenster vorbei, aus dem jemand herausschaute und dem Kameramann zuwinkte. Ich bat den Vorführer, den Film anzuhalten und mir die Sequenz noch einmal vorzuspielen. In der winkenden Person hatte ich Karin Sternthal wiedererkannt, ein Irrtum war ausgeschlossen.

Die nächste halbe Stunde schaute ich mir den Film an, den Faffner im Sommer 1936 gedreht hatte. Das Schwarz-Weiß des alten Filmmaterials passte nicht so recht zu den Bildern, die ich mir in meiner Phantasie von der Landschaft des Zillertals gemacht hatte, als ich in Wien die Tagebücher von Hoffmann las.

Hoffmanns Beschreibungen der Personen erwiesen sich als nicht so übel. Mir gelang es, fast alle, die gefilmt worden waren, zu identifizieren, obwohl ich bei einigen ziemlich raten musste. Ich achtete nicht auf Faffner, der, durch das gleichmäßige Rattern des Projektors animiert, immer wieder einnickte. Mehrmals hätte ich mich sonst durch meine Aufregung verraten, als offensichtlich der Nazi Kreuzhakler ins Bild kam. In keiner einzigen der Sequenzen war aber sein Gesicht zu sehen, was mich jedes Mal leise fluchen ließ. Aber nach der Kleidung konnte ich ihn eindeutig identifizieren, denn er trug die wollene Kniebundhose und die teure Jacke, die ich in Innsbruck auf dem Polizeipräsidium zu sehen bekommen hatte.

Als die Rolle zu Ende gelaufen war, legte der Elektriker eine neue ein.

„Dieser Film wird Sie sicherlich besonders interessieren."

Ich konnte Faffner in dem dunklen Raum nicht erkennen.

Es folgte ein Film aus dem Jahr 1937, also noch vor dem Anschluss. Er zeigte singende Heimwehrmänner, strammstehende Bergsteiger und einige Männer in SA-Uniform, dann folgte ein Schwenk über die Berge hinter der Hütte, der an einem Fahnenmast endete. Ein Schnitt und dann kam eine Großaufnahme, wie eine Hakenkreuzfahne aufgezogen wurde. Ohne Ton mutete diese Szene sehr unwirklich an, und zu einem anderen Zeitpunkt hätte mich der Film sicherlich sehr interessiert.

Ich ließ mir meine Enttäuschung aber nicht anmerken und bedankte mich bei dem alten Herrn für die Vorführung. Er hatte sie sichtlich genossen, obwohl ich nicht zu sagen vermochte, wie viel er davon verschlafen hatte. Die Minuten in der Dunkelheit, vielleicht waren es seine Erinnerungen, hatten ihn erfrischt. Die Deckenlampen gingen an und blendeten mich für einen Augenblick. Wieder begann er über Hitler zu sprechen, wie leichtgläubig mit ihm viele Unternehmer, deren Namen er aufzählte, auf den „böhmischen Gefreiten" hereingefallen seien. Um diese Litanei abzubrechen, sprach ich ihn auf seine Rolle als Wehrwirtschaftsführer an, was er als zutiefst unhöflich empfand, denn er reagierte sehr barsch.

Es gelang mir nicht gleich, das Gespräch auf Anhieb wieder auf den Film zu lenken, der mich einzig interessierte.

Als ich ihn nach den aufgenommen Personen befragte, musste er erst einige Zeit nachdenken. Ich verbesserte ihn nicht, als er offensichtlich Hoffmann mit dem Engländer verwechselte, an deren beider Namen er sich auch nicht zu erinnern vermochte. Dann gab er mir noch zwei Hinweise, der eine stellte sich als sehr hilfreich heraus, den anderen hätte ich besser überhört, denn so jagte ich eine kurze Zeit meinem Wild in einem völlig falschen Revier nach, wo ich einer anderen Spur mein Augenmerk hätte widmen sollen. Mich trafen dann die späteren Ereignisse so unvorbereitet, dass ich mich wundere, wie vergleichsweise harmlos die ganze Geschichte endete, verglichen mit anderen Schicksalen.

„Der Herr, der auf Terrasse saß und Tee trank, war der Staatssekretär von Gerstmieten."

Faffner schaute mich an, als müsste bei mir der Groschen gefallen sein. Ich verriet aber mit keiner Miene, was ich über ihn bereits wusste.

Baron von Gerstmieten war noch im Kaiserreich in den Auswärtigen Dienst getreten und hatte eine Bilderbuchkarriere gemacht. Er stammte aus einer badischen Bürgersfamilie. Sein Großvater wurde für seine Verdienste als Universitätsrektor geadelt. Von Gerstmieten stand damit der Weg in Ämter und Würden offen, von denen seine Vorfahren nicht einmal träumen konnten. Er wurde vor dem Ersten Weltkrieg Gesandter am Hofe zu Petersburg, während des Krieges war er Botschafter am Heiligen Stuhl. In den zwanziger Jahren avancierte er in der Wilhelmstraße zum Abteilungsleiter und unter dem Minister Baron von Neurath 1932 zum Unterstaatssekretär. Mit seinem Protegé trat er 1933 in die NSDAP ein und behielt sein Amt. Der Rang eines SS-Standartenführers wurde ihm ehrenhalber verliehen, den er nicht ablehnte.

Im Archiv in Hamburg hatte ich einige Dutzend zeitgenössische Fotografien von ihm gesehen, bei denen er die schwarze Uniform trug. In Nürnberg war er als Kriegsverbrecher angeklagt und wurde zu einer geringen Haftstrafe verurteilt, die er aber nie antreten musste. Mit der Gründung der Bundesrepublik wurde er begnadigt.

Faffner erzählte mir einiges über von Gerstmieten. Als er sich kurz räusperte und in einem Nebensatz eine Bemerkung machte, fiel bei mir ein ganz anderer Groschen.

„..., sein Neffe ist heute Ressortchef im Präsidialamt, ich kenne ihn sehr gut."

Nach einigem Bohren gelang es mir, Faffner doch noch etwas über Kreuzhakler zu entlocken. An den Namen konnte er sich überhaupt nicht erinnern, aber er sei vom „Amt Rosenberg" gewesen.

Es bedurfte einiger Überzeugungskraft, dem alten Herrn die Filmdosen zu entlocken. Die Aussicht, dass die Sendung mit seinen Filmen durch eine Koproduktion im Deutschen Fernsehen gesendet werde, überzeugte ihn schließlich. Ich stellte ihm eine Phantasiequittung aus, versprach ihm sorgfältig mit den Filmen umzugehen und ihn rechtzeitig von der Ausstrahlung der Sendung zu unterrichten. Mit einem etwas unguten Gefühl, den alten Mann zu leicht übertölpelt zu haben, verließ ich die Firma.

Als ich von dem Gelände fuhr, hupte die Sirene los. Die Arbeiter sah ich noch im Rückspiegel aus den Gebäuden strömen.

Das Hotel hatte ich gegen elf Uhr verlassen, hatte mir die Stadt angeschaut und war gegen Mittag zu der Verabredung gefahren. Vier Stunden hatte ich mit dem alten Faffner verbracht. Das Ergebnis war den Zeitaufwand auf jeden Fall wert. Ich musste mir eingestehen, dass ich ihn bewunderte, wie er trotz seines hohen Alters recht agil und aufmerksam gewesen war. Aber er hatte wohl auch nie ernsthaft körperlich angestrengt arbeiten müssen und die Geschichte mit dem Latrinenreinigen, die er mir aufgetischt hatte, schien mir etwas übertrieben.

Ich fuhr zu der Stadtbücherei, an der ich Vormittag vorbeigekommen war. Sie hatte geöffnet und ich beschloss, die Gelegenheit zu nutzen, mein Gedächtnis über das „Amt Rosenberg" aufzufrischen. Viel fand ich nicht, was ich nicht schon wusste. Rosenberg war Führerbeauftragter für Weltanschauung der NSDAP. Trotz einiger Bildbände und spezieller Bücher über dieses Amt, fand sich nichts, wo meine Spur sich fortsetzte. Das bestärkte mich in meiner Absicht, nach Bonn zu fahren. Dort gab es sicher eine speziellere Bücherei, in der ich fündig werden würde. Gleichzeitig konnte ich mich um Onkel und Neffe von Gerstmieten kümmern, denn ich kannte einige gut informierte Journalisten.

Den Abend und die Nacht verbrachte ich in dem Hotel. Die Stadt hatte zu wenig zu bieten, als dass sich ein später Bummel auch nur halbwegs gelohnt hätte. Die Nacht in einem richtigen Bett zu verbringen, nutzte ich ziemlich aus und wurde unsanft durch ein Zimmermädchen geweckt. Mit dem Hotelier bekam ich Streit, weil ich auf meinem Frühstück bestand, obwohl die offizielle Zeit angeblich längst überschritten war. Schließlich ließ er sich auf meine Position ein, aber dafür fiel das Frühstück entsprechend erbärmlich aus. Ich war ganz froh, als ich die Stadt verließ.

V.

Über die rechtsrheinische Autobahn gelangte ich in weniger als einer halben Stunde nach Bonn. In Sankt Augustin hielt ich an einer Telefonzelle an und suchte in meinem Adressbuch nach der Telefonnummer einer Bekannten.

Sie hatte einen Job als Lehrerin in einem Internat in der Eifel. Um wenigstens am Wochenende etwas Großstadtleben mitzubekommen, hatte sie in Bonn ein winziges Apartment gemietet. Wenn ich in Bonn war, durfte ich es benutzen. Vorsichtshalber rief ich sie aber in ihrer Schule an, damit sie den Hausverwalter vorwarnen konnte. Ich hatte schon einmal Streit mit ihm gehabt, weil er mir den Schlüssel nicht aushändigen wollte, obwohl er mich schon mehrmals in dem Apartment gesehen haben musste.

Es dauerte etwas, bis die Schulsekretärin sie ans Telefon geholt hatte, aber sie freute sich, mich vielleicht am Wochenende wiederzusehen und versprach dem Hausverwalter Bescheid zu geben.

Eine halbe Stunde später suchte ich unweit des Bahnhofs einen Parkplatz. Das Haus, in dem meine Bekannte wohnte, lag in einem Viertel längs der Eisenbahn. Aus dem Zug heraus sahen die Gründerzeitvillen ungemein putzend aus. Zum Glück hing an der Wohnung des Verwalters ein Zettel, er habe den Schlüssel bei einem Wohnungsnachbarn hinterlegt. Das war mir nur lieb und ohne jeden Verdruss saß ich schließlich in ihrem Apartment.

Das Haus war von einer Immobilienfirma aufgekauft und renoviert worden. Noch immer hing an der Fassade ein Schild und warb für „Studentenapartments – und Wohnungen, 1 Zi., KüDuTo DM 120.000“. Meine Bekannte hatte Glück gehabt, einen Medizinstudenten kennenzulernen, dessen Vater ihm die Wohnung geschenkt hatte. Als er seinen Doktor hatte, zog er nach Passau, wollte die Wohnung aber nicht verkaufen. Die Wohnung war nicht schlecht, aber sobald man sie betrat, merkte man, dass niemand ständig in ihr wohnte. Ihr fehlte einfach der typische Geruch.

Das Zimmer lag im ersten Stock, mit Blick auf die Bahn. Aber die Fenster waren so stark schallisoliert, dass man auf die vorbeifahrenden Züge nur durch die Erschütterungen aufmerksam wurde.

Die Einrichtung war, wie ich annahm, in allen Zimmern gleich, Einbauschränke mit hellem Furnier, Bücherregale, ein Schreibtisch im gleichen Holzton, und eine kleine Sitzgruppe aus Stahlrohrmöbeln mit einem Stoffbezug, der selbst für den poppigsten Studenten noch zu grell war. Das Bett war eine Couch, die man jeden Abend erst herrichten musste, wollte man sich tagsüber in dem winzigen Raum bewegen können ohne überall anzuecken. In der kleinen Küche sah es nicht anders aus, und der leere Kühlschrank besserte nicht gerade meine Laune. Erst als ich im Eisfach eine kristallbedeckte Flasche Wodka entdeckte, fühlte ich mich etwas heimelig.

Saskia, so hieß meine Bekannte, hatte kein Geld für die Wohnung ausgegeben. Einzig in den Kleiderschränken, in denen ihre Sachen hingen, sah es etwas persönlicher aus. In den Bücherregalen verstaubten einige medizinische Taschenbücher, eindeutig eine Hinterlassenschaft vom Vorbesitzer, als habe sie der Architekt dort dekoriert, weil er glaubte, so und nicht anders müsse eine „Studentenbude" aussehen.

Nachdem ich in der winzigen Dusche eine ungemütliche halbe Stunde verbracht hatte, zog ich einen ihrer Kimonos über und entzündete eine Zigarette. Der Wodka hatte eine trinkbare Temperatur bekommen und mit einem „Welcome Home" ließ mich in einen der Sessel sinken.

Zu meinem Glück hatte Saskia diesmal ihre Telefonrechnung bezahlt. Mit Hilfe meines Adressbuches gelang es mir nach einigen Anläufen, ein paar alte Bekannte zu erreichen. Dann meldete ich mich in der Redaktion meines augenblicklichen Kostenträgers.

Unter der Dusche hatte ich mir einen kleinen Plan für meine nächsten Schritte zurechtgelegt. Ich musste mich einigermaßen vorsichtig bewegen, denn in einer Hauptstadt, gerade wenn sie so klein wie Bonn ist, trifft man an den wirklich wichtigen Plätzen ständig irgendwelche Leute, die man kennt.

An deutsche Kollegen konnte ich mich daher kaum wenden, denn irgendwie wäre es gewiss bis in das Büro des Nachrichtenmagazins durchgesickert, hinter welcher Story ich wirklich her war. Für meine Geschichte dachte ich an einige speziellere Freunde.

VI.

Mohamad traf ich in seinem Büro an. Es lag im Diplomatenviertel in einem hochherrschaftlichen Haus, nicht weit von der syrischen Botschaft. In einer Etage wohnte er und unterhielt ein Pressebüro mit dem schwülstigen Namen „Annahda", die Morgenröte. Mohamads Nachrichtenagentur war ein Einmannbetrieb für die Zeitungen einiger arabischer Länder, die keine eigenen Korrespondenten hatten. Die Agentur selber war in einem ehemaligen Wohnzimmer untergebracht und bestand nur aus einem riesigen unaufgeräumten Schreibtisch, einer Telexmaschine, einem Fax, einem drahtlosen Telefon und einem Anrufbeantworter. An den Wänden zogen sich Regale bis unter die Decke, vollgestopft mit Aktenordnern und Karteikästen. Rings um den Schreibtisch lagen Stapel von vergilbenden Zeitungen. Immer, wenn ich ihn aufgesucht hatte, saß er hinter dem Schreibtisch und schnibbelte einige Artikel aus, um sie auf Karteikarten zu kleben.

Er hatte sich kein bisschen verändert, seit ich ihn das letzte Mal gesehen hatte. Groß, muskulös und mit ungemein dichtem, schwarzem Haar erinnerte er mich an einen dieser Geister, die aus einer Flasche mit einer ungeheuren Rauchentwicklung hervorkommen.

Mohamad thronte hinter seinem Schreibtisch, schnitt gerade einen Zeitungsartikel aus und rauchte eine billige Zigarre. Das Zimmer war hermetisch verschlossen und selbst im Sommer ließ er eine Heizung laufen. Er empfing mich mit einem seiner billigen Tricks, die ich aber längst durchschaut hatte. Mohamad liebte es, den gestressten Geschäftsmann zu spielen. Sobald er jemanden in seine Wohnung eintreten hörte, riss er den Telefonhörer ans Ohr und schrie hinein. Kam ein Araber, sprach er Deutsch, kam ich, brüllte er einige arabische Worte und knallte den Hörer nieder. Freundlich, aber erschöpft lächelte er einen an und trat einen Fußschalter unter seinem Schreibtisch. Im gleichen Augenblick rasselte die Telexmaschine los, er sprang auf, riss den bedruckten Streifen von der Rolle und gab meistens ein schnalzenden Kommentar ab. Dann nahm er sich erst Zeit, seinen Besucher mit einem lauten Seufzer zu begrüßen.

Soviel ich wusste, verdiente er seinen Lebensunterhalt mit dem Vermitteln von Luxuslimousinen an Botschaftspersonal, die Agentur lief mehr als Kundenfang nebenher. Ich weiß nicht, ob je eine Zeitung irgendetwas von ihm abnahm, wahrscheinlich bezweifelte man selbst einige tausend Kilometer entfernt seine Integrität. Aber das war nur meine Vermutung. Eines seiner Hobbies bestand im Sammeln von „Freunden und Feinden Israels".

Er hatte mit ziemlicher Sorgfalt eine Kartei deutscher Politiker und hoher Beamter angelegt, und deren Haltung zu Israel und den arabischen Staaten während der letzten zwanzig Jahre, in denen er in Bonn lebte, genau dokumentiert. Dabei hatte er sich bemüht, verlässliches Material über eine eventuelle Nazi-Vergangenheit in Erfahrung zu bringen. Wegen seines Archivs suchte ich ihn auf.

Der ganze Zauber ging los, als ich den Raum betrat.

Dass ich mich nicht beeindruckt zeigte, störte ihn nicht. Schließlich begrüßte er mich mit einem „Marhaba" auf Arabisch.

Es folgte ein längerer Monolog über die Freundschaft, die Vergänglichkeit und wenn ich ihn nicht rüde unterbrochen hätte, wäre er sicher noch poetischer geworden.

„Marhaba, Mohamad." erwiderte ich seinen Gruß. Eine zeitaufwendige Plauderei wollte ich erst gar nicht riskieren, also fragte ich ihn direkt, ob er irgendetwas über von Gerstmieten in seinem Archiv habe.

„Gerstmieten, Gerstmieten" er murmelte den Namen vor sich hin, während er an seinen Regalen entlang strich. Den einen oder anderen Ordner nahm er kurz heraus, um ihn doch nur wieder zurückzustellen. „Mohamad, ich habe nicht so viel Zeit."

Enttäuscht blickte er mich an, fand jetzt aber sofort, was er suchte. Aus einem Ordner entnahm er mehrere Seiten, die mit Zeitungsausschnitten beklebt waren.

Während er in die Küche ging, um einen Kaffee zuzubereiten, las ich die Artikel durch. Es war leider nur das, was ich schon wusste.

Der Neffe des Diplomaten, der im Sommer 36 auf der Berliner Hütte war, hatte schon als Kind beide Eltern bei einem Schiffsunglück verloren. Daher wuchs er bei seinem Onkel auf. Er besuchte ein berühmtes Internat und begann ein Jurastudium in Berlin. Während des Kriegsjahres 1943 wurde er eingezogen und kämpfte als Leutnant an der Ostfront.

Nach Kriegsende nahm er sein Studium wieder auf und legte das Staatsexamen ab. Etwas Furore machte damals die Tatsache, dass er die Verteidigung seines Onkels, der in Nürnberg angeklagt war, zusammen mit zwei Rechtsanwälten übernahm. 1949 trat er in die CDU ein und begann eine höhere Beamtenlaufbahn.

Die Nazi-Vergangenheit des Onkels hatte Mohamad sorgfältig dazugeschrieben, aber Werner von Gerstmieten stand als Israelfreund in den Akten.

Er brachte den Kaffee herein, jenen abscheulichen süßen Brei, den man in den arabischen Ländern trinkt. Allerdings wirkte er sofort als Gegengift zu dem Wodka, den ich getrunken hatte. Nach zwei Tassen Mokka traute ich mir sogar zu, wieder Auto zu fahren. Zum Glück hatte ich es stehen gelassen, denn der Wodka hatte das Anziehen in Saskias Wohnung zu einem Balanceakt gemacht, der mir eine Warnung war.

Etwas enttäuscht verließ ich Mohamad und fuhr mit der Straßenbahn nach Bonn zurück. Ich beschloss, mich nun auf das „Amt Rosenberg" zu konzentrieren. Leider waren die Bibliotheken der Universität inzwischen geschlossen, sonst hätte ich für heute noch etwas zu tun gehabt. So ging ich in die Wohnung zurück, hörte noch etwas Radio und legte mich früh schlafen.

VII.

Ich kam nicht weiter. Als ich aufstand, war es schon zwölf Uhr, und ich musste mich sehr beeilen, um zwei Leute im Pressezentrum im „Tulpenfeld" zu treffen, die mir in meiner Recherche weiterhelfen konnten. Das ging auch alles glatt.

In der Universität blieb ich schon in der Cafeteria stecken, denn ich versuchte aus einigen Studenten, die wie Historiker aussahen, herauszufinden, wo ihre Fachbibliothek sei. Sie zeigten sich hilfsbereit und empfahlen mir aber das „Institut für Politik" und so weiter, das irgendwo im „Alten Bergamt" untergebracht sei. Das war mir zu kompliziert, und ich versuchte mir etwas anderes zu überlegen.

Aber ich hing fest, langsam ging mir auf, dass es einiges schwieriger war, etwas über die Todesumstände eines Menschen zu erfahren, der vor einem halben Jahrhundert umgekommen war, auch wenn man eine konservierte Leiche und ein Dutzend handgreiflicher Spuren hat.

In einem Kaufhaus kaufte ich noch etwas zu Essen und ging in die Wohnung zurück. Ich duschte und hörte bis zum Abend Radio. Dann rief ich Mohamad an und bat ihn, ein Telex für mich nach Wien zu senden. Er beklagte sich zwar bitter, dass er gar keine Zeit habe, aber schließlich war er doch bereit, mir den Gefallen zu tun, aber ich müsse selber vorbeikommen. Ich kannte seine haarsträubende Rechtschreibung zu genüge, den Grund für diesen Vorschlag, aber ich bestand darauf, dass er es prompt schreibe und begann zu diktieren. Während ich ihm vorsichtshalber einige Worte buchstabierte, hörte ich, wie sich in der Wohnungstüre ein Schlüssel drehte. Saskia kam herein.

VIII.

Ein Bote brachte einen Umschlag von meinem Verleger. Man hatte mich vorher telefonisch informiert, und so riss ich den Umschlag ziemlich gelassen auf und entnahm das Telex von Fischer. Entweder war die Leitung sehr gestört gewesen, was gelegentlich vorkommt, oder der Schreiber hatte eine fürchterliche Rechtschreibung.

Fischer hatte es nicht selber geschrieben, soviel war mir sofort klar. Jedenfalls beherrschte dieser jemand nicht die deutsche Sprache und geizig war er zudem. Denn fast jedes Wort war auf eine verkrampfte Art abgekürzt, was bei einem Fernschreiben aus Deutschland nach Wien nicht unbedingt nötig ist.

Fischer ließ mir mitteilen, ich möge mich umgehend bei ihm melden. Die angegebene Nummer versuchte ich mehrfach, aber vergeblich. Auch in ihr steckte ein Fehler. Also konnte ich ihn so einfach nicht erreichen.

Bevor Fischer nach Deutschland fuhr, war ich ungemein beschäftigt und mich trafen seine Vorwürfe nicht, ich hätte mich verleugnen lassen.

Einen Empfang beim Wiener Bürgermeister nutzte ich zu einer Unterhaltung mit jemandem, den ich nur flüchtig kannte, der mir aber einige wertvolle Ratschläge in der Angelegenheit geben konnte. Die Rede vor der UN-Versammlung war lange geplant und führte mich mit einem israelischen Journalisten zusammen, der sich für die Geschichte interessierte.

Die Talkshow, die Fischer mir vorwirft, war eine Aufzeichnung und schon zwei Wochen vor dem Tage aufgenommen, da ich ihn im Café Museum traf.

Seine Interessen und meine, besonders die meines Verlegers, waren von Anfang an nicht immer die gleichen. Ich glaube, die Zeit ist gekommen, mit der „Nazijägerei" Schluss zu machen. Diese jungen Stöberer, wie Fischer, was können sie schon ausrichten? Wer damals schon dem Urteil der Welt entschlüpfen oder sich zumindest vor ihm verbergen konnte, da kann man auch heute nichts mehr machen. Wem nützt ein Fall Barbie oder Schwammberger noch?

Es wird wohl ein reichliches Maß Sensationsgier sein, das Fischer antrieb, in der Geschichte zu stochern. Und wie oft habe ich nicht gerade bei jungen Menschen eine unterschwellige Faszination am Bösen gespürt. Auch er ist davon nicht auszunehmen. Mich interessiert der Mensch Hoffmann, sein individuelles Schicksal, das ich in einer Biographie dargestellt habe. Aber wie unvollkommen bleibt so ein Unterfangen. Es kann immer nur annähernd gelingen, einen Menschen auf einigen hundert Seiten verständlich machen.

Fischer bin ich zu Dank verpflichtet, dass er mich wieder auf Hoffmann aufmerksam machte. Die Gelegenheit war günstig, etwas über eine Epoche in seinem Leben herauszufinden, von dem ich bisher nur ahnungsweise etwas gewusst hatte.

Mich interessierte nur Eines: Wie sich ein Mensch fühlt, der glaubt, einer Falle entronnen zu sein und mit ansehen muss, wie seine Umwelt stetig die Konturen der gleichen Falle annimmt, und er feststellt, er sitzt wieder da, wo sie zuschnappen wird.

Hoffmanns Aufenthalt auf der Berliner Hütte scheint mir genau der Zeitpunkt, wo er der Falle gewahr wurde.

Ich bin ein viel beschäftigter Mann, und Zeit ist für mich immer kostbar. Was hätte Fischer mir bieten können, was ich nicht schon wusste? Ich hatte ihm die Tagebücher besorgt und erst überhaupt lesbar gemacht. Natürlich habe ich unwichtige Passagen ausgelassen.

Und selbstverständlich habe ich dabei die Transkription der Tagebuchaufzeichnungen in eine unterhaltende Form gebracht. Vielleicht habe ich sogar eine kleine Spur übertrieben. Aber wenn Fischer das nicht von mir, einem Schriftsteller, erwartet hat, dann ist er naiv.

Es hätte ihm auch nicht weitergeholfen, wenn ich ihm Hoffmanns Aufzeichnungen über das zufällige Treffen mit Karin Sternthal in der Schmalspurbahn von Mayrhofen nach Jenbach gegeben hätte. Ich habe nichts zu vertuschen.

Was hätte Fischer aus dieser kleinen Episode erfahren, was er nicht schon wusste oder zumindest ahnte. Und wenn nicht, dann hätte ich ihn maßlos überschätzt und er verdiente es nicht anders.

Mir oblag ohnehin die meiste Arbeit in unserer Zusammenarbeit, auch wenn er in ganz Deutschland herumfuhr. Ich an seiner Stelle hätte Wien überhaupt nicht erst verlassen. Wäre er zu mir gekommen und hätte mich gefragt, mein ganzes Wissen hätte ich ihm zur Verfügung gestellt. Aber er zog es vor, aus Bonn wichtigtuerische Telexe zu senden.

IX.

In dem Anhänger zweiter Klasse der Schmalspurbahn, die das Zillertal mit der Hauptstrecke im Inntal verbindet, traf Hoffmann Karin Sternthal wieder.

„Setzen Sie sich doch zu mir herüber, Herr Doktor." lud sie ihn ein. Er ging hinüber, hievte seinen schweren Rucksack in das winzige Gepäcknetz und setzte sich auf die schmale Bank ihr gegenüber.

„Ich fürchte, wir haben uns für unseren Urlaub nicht eben den trockensten Landstrich der Erde ausgesucht." begann er höflich zu plaudern. „Immer noch besser als Regen in Berlin und keinen Pfennig in der Tasche. Ich war hier nicht in der Sommerfrische, müssen Sie wissen, ich war sozusagen engagiert."

Hoffmann schnitt eine seltsame Grimasse.

„Ihnen steht ein Fragezeichen auf der Stirn geschrieben."

Sie bot ihm eine Zigarette an, die er dankend annahm. Als er ihr Feuer gab, berührte er ihre Hand und spürte, dass sie leicht zitterte.

Während ihm drei Zündhölzer abbrachen, weil sie ihm in dem Regen feucht geworden waren, hatte er Gelegenheit, sie fast ungeniert anzuschauen, ohne dass es ihr auffiel. Es erstaunte ihn, wie sehr sie sich unter der Kontrolle hatte. Sie war gewiss eine gute Schauspielerin. Er brannte seine Zigarette an und lehnte sich wieder zurück.

„Meine Rolle war die der Sommerfrischlerin, als Partnerin eines Laienschauspielers in der Rolle des Herrn Kreuzhakler."

„Ich verstehe nicht ganz", fragte er zurück. Dabei verstand er nicht ein Wort.

Sie zog hastig an ihrer Zigarette. Mit einem Ruck und lautem Quietschen setzte sich der Zug in Bewegung. Sie hatten beide nicht den Stationsvorsteher Abfahrt pfeifen gehört.

„Ich bin im Augenblick etwas ratlos. Sehen Sie, ich fahre mit einem hohen Nazi unter mysteriösen Umständen nach Österreich in die Alpen, der Mann verunglückt oder verschwindet. Wenn ich nach Berlin zurückfahre, wird man mich dort sicher nach ihm fragen, aber was soll ich denn sagen und vor allem wem?"

Hoffmann dachte nach. Es war keine angenehme Vorstellung,

die sich Hoffmann aufdrängte, als er die junge Frau in seiner Phantasie einem finsteren Gestapo-Beamten gegenüber sitzen sah.

„Es tut mir leid, aber ich verstehe immer noch nicht."

Sie drückte ihre Zigarette mit einer schnellen Bewegung auf dem Boden aus und entzündete gleich eine neue.

„Eine Kollegin von mir erhielt von einem Bekannten das Angebot, einen Urlaub in den Bergen zu verbringen.

Es koste nichts und es sei absolut nichts dabei. Zu ihrem Pech verstauchte sie sich den Knöchel und bot mir an, für sie einzuspringen. Sie stellte mich ihrem Freund vor, der höherer Parteibonze zu sein schien.

Sie erzählte ihm von einem Vorschuss, von dem sie sich Bergkleidung zulegen musste. Langsam machte sie sich doch Sorgen, wenn sie an die Devisenbestimmungen dachte. Aber ihre Kollegin beschwichtigte sie, es sei alles geregelt.

„Der Bekannte brachte mich zum Schlafwagenzug nach München und sagte, ich würde in München auf dem Bahnhof schon erwartet. Ich brauche mir keine Gedanken zu machen, er gäbe mir sein Ehrenwort als Deutscher. Dann gab er mir einen Pass, den ich gar nicht beantragt hatte, und die nötigen Papiere.

In München empfing mich jemand in der Uniform eines SS-Standartenführers und stellte sich mir als Herr Kreuzhakler vor. Auf dem Bahnhofsvorplatz wartete ein Fahrer in einer Mercedes-Limousine, der uns Richtung Alpen fuhr. Irgendwo vor der österreichischen Grenze wechselte er in einem kleinen Landgasthof die Kleidung. Der Grenzübertritt war harmlos und in Jenbach stiegen wir in diese Bahn um."

Hoffmann hatte zugehört und stellte sich die Fahrt vor.

„Aber was sollten Sie für ihn tun, das verstehe ich nicht?"

„Ich sollte einfach eine Freundin spielen, mit der er zusammen Urlaub machte, mehr nicht. Ich kann nicht gerade sagen, dass er sich sehr für mich interessiert hat."

Während der kleine Schmalspurzug durch die regenverhangene Gebirgskulisse fuhr, unterhielten sich Karin Sternthal und Hoffmann über belanglose Dinge. Er bemerkte ihre Enttäuschung, da sie sich von ihm einen Rat versprochen hatte.

Was sie ihm erzählt hatte, hörte sich so märchenhaft an, geradezu nach einer Groschenromangeschichte. Vielleicht spielte sie hervorragend mit ihm ein Spiel, dessen Regeln er noch nicht durchschaute, aber wenn er sie ansah, konnte er das nicht glauben. Ihre Besorgnis musste echt sein. Aber das machte alles noch viel verworrener.

Die Zugheizung bullerte vor sich hin. Bei dem Regen konnte er das Fenster nicht aufmachen, aber in der Wärme konnte er nicht klar denken. Sie erzählte ihm von ihrem Alltag in Berlin, der ihm so fern war, als ob sie über eine fremde Stadt redete, die er vor langer Zeit einmal besucht hatte. Als der Zug in Jenbach in den Bahnhof einlief, verabschiedeten sie sich.

„Es tut mir leid, dass ich Ihnen nicht viel raten kann. Meine Erfahrungen in solchen Dingen reichen nicht weit." Vielsagend zog er die Schultern hoch. „Die Behörden sind verständigt. Hier können sie nichts mehr tun. Fahren Sie nach Berlin, gehen Sie zu Ihrer Kollegin und erzählen Sie ihr die Geschichte. Spielen sie das ratlose Mädchen."

Er wusste selber genau, wie unwohl er sich in ihrer Haut fühlen würde, wenn man ihm solche naiven Ratschläge erteilte. Aber ihm fiel nichts Besseres ein, wie er sich eingestehen musste.

„Ja, das werde ich wohl machen." Sie spürte seine Ratlosigkeit, ließ sich aber nichts anmerken und verabschiedete sich von ihm.

Hoffmann musste nicht lange warten. Der Zug nach Innsbruck fuhr schon ein, als er seinen Bahnsteig betrat. Karin Sternthal sah er in einem Wiener Kino auf der Leinwand wieder, zwei Jahre später. Aber da hatte er an wichtigere Dinge zu denken, als an die Geschehnisse in dem lausigen Sommer von 1936.

X.

Meine Vermutung war richtig. Moravec verschwieg mir etwas. Vielleicht war es ihm zu peinlich, mir unter die Augen zu treten. Vielleicht befürchtete er, ich würde ihm etwas anmerken. Die kleine Passage über Hoffmanns Zugfahrt in der Schmalspurbahn war kein bisschen unwichtig. Ich hätte schon viel früher gemerkt, um was es wohl ging und wäre nicht so unvorbereitet in einen Schlamassel geraten.

Es war an dem Abend, als Saskia in ihre Wohnung kam, dass sie mir ungeheuer weiterhalf. Sie freute sich offensichtlich, mich wiederzusehen und fiel mir gleich um den Hals. Ich bin immer skeptisch, wenn ich jemanden nach langer Zeit wiedersehe, aber sie tat so, als habe man sich gerade erst gestern verabschiedet.

Sie spürte irgendwie, dass es mir nicht so gut ging, dass mich ein Problem gefangen hielt. Während sie ihre Sachen auspackte und wild in dem Raum verteilte, versuchte sie, mich mit scheinbar unverfänglichen Fragen zum Sprechen zu bringen. Ich ging auf ihre Art ein und erzählte ihr ziemlich locker die ganze Geschichte.

Während ich sprach, hatte sie unmerklich den Raum in ein bewohntes Zimmer verwandelt. Es sah ziemlich chaotisch aus. Sie setzte sich mir gegenüber, drehte sich eine Zigarette und hielt mir ihren Tabak hin. Ich war ohnehin an das Ende gekommen, was ich mir in Bonn an Erkenntnis erhofft hatte. Ungeschickt häufte ich zu viel Tabak auf dem Papier und hatte einige Schwierigkeiten, eine rauchbare Zigarette zu drehen. Amüsiert schaute sie mir zu.

„Der Tod in den Bergen', ein Krimi von Agatha C. Fischer." sagte sie trocken. Ich konnte zwar keine Spur von Häme in ihrem Tonfall entdecken, kam mir aber trotzdem sehr lächerlich vor. „Was Du mir da erzählst, hört sich wirklich nicht viel besser an. Eine einsame Hütte in den Bergen, eine geschlossene Gesellschaft à la Orientexpress oder dem Dampfer auf dem Nil. Jeder hat ein Motiv, deinen Kreuzhakler umzubringen. Du hast zwar einige potentielle

Täter vergessen, den nicht-arischen Koch, der in seiner Ehre über seinen Kaiserschmarrn getroffen ist, weil Kreuzhakler der Schmarrn nicht braun genug war oder die Serviertochter, das uneheliche Kind von Dollfuß, die sich am Tod ihres Vaters rächen will."

In ihrer beißenden Art einem ihre Meinung zu sagen, lag kein billiger Triumph. Sie hatte, wie ein rüder, aber gutwilliger Arzt, ihren Finger etwas fest auf die wunde Stelle gelegt. Aber ich kannte sie gut genug, um nicht beleidigt zu sein. Es war halt ihre Methode, zu helfen.

In diesem Augenblick fühlte ich mich ziemlich ratlos und lächerlich und ließ mir ihre Art gefallen.

„Weißt Du, bis zu dem Zeitpunkt, wo Du von Innsbruck zurück nach Wien bist, hört sich alles ganz gut an. Nicht dass mich diese Nazijägerei besonders interessiert, aber es ist alles plausibel und bestimmt eine gute Story.

Aber was Du mir da über diesen Dr. Hoffmann erzählst, ist wirklich nicht mehr als Agatha Christie. Ich frage mich, wo Du so viel Phantasie hernimmst."

Sie hatte mir früher schon vorgehalten, ich sei zwar ein guter Arbeiter, aber Phantasie gehe mir völlig ab.

„Ich hab Dir nur erzählt, was in den Tagebüchern stand, nichts mehr."

„Siehst Du, das ist es."

Mir dämmerte, worauf sie hinauswollte. Es kam mir sehr gelegen, dass sie mir einen Whisky anbot. Sie suchte in einer der Plastiktaschen, die sie mitgebracht hatte, und holte eine Flasche hervor. Bis sie den Whisky in zwei Gläser gegossen hatte, denen man ihr Vorleben als Senfgläser noch ansah, schwiegen wir beide. Sie reichte mir mein Glas und setzte sich wieder hin.

„Was weißt Du über Molnar-Moravec?" fragte sie sehr direkt. „Nicht besonders viel, fürchte ich. Er ist ein gutbezahlter Autor von Biographien. Politisch weiß – glaube ich – keiner in Wien, wo er steht."

Mehr konnte ich beim besten Willen nicht über ihn sagen.

Ich erzählte ihr ausführlicher von meinem Besuch in seiner Wohnung.

„Und Du hast die Tagebücher von diesem Hoffmann nie im Original zu sehen bekommen?"

„Er hat sie mir gezeigt, aber ich kann keine Sütterlinschrift lesen. Also war ich auf seine Transkription angewiesen."

„Aha", sie stand auf und ging die wenigen Schritte, die in dem kleinen Zimmer möglich waren, auf und ab. „Das ist der Punkt. Du weißt also nicht, was wirklich passierte."

„Aber, wenn Moravec gelogen hätte, das wäre doch früher oder später rausgekommen. So naiv ist er nicht." wendete ich ein. „Nein, naiv ist er nicht."

Ihre Betonung ärgerte mich. Sie sprach jetzt, als hätte sie eine ihrer Klassen vor sich. Mein Whiskyglas war leer und ich goss mir nach.

„Es gibt keine Wahrheit. Moravec ist ein Schriftsteller, ein erfolgreicher. Er weiß ganz bestimmt, wie er seine Worte setzt. Dir hat er eine Geschichte erzählt, nicht die Wahrheit, er hat Dich auf ganz viele Spuren gesetzt, um Dich zu verwirren.

Er hat ganz bestimmt, in dem was er Dir an Information zugestanden hat, nichts ausgelassen, aber er hat das hinzugefügt, was Dich anbeißen ließ, und Du bist reingetappt in seine Falle.

Und dann kommt es immer auf den Zusammenhang an. Schau, Du weißt selber, was Du in Deinen Artikeln machen kannst, wenn Du jemanden aus dem Zusammenhang zitierst. Da kannst Du die tollsten Sachen mit machen, und Du bist scheinbar immer im Recht, der Jemand hat es ja wortwörtlich so gesagt."

„Aber, was soll ich denn nun machen?"

Ich schaute sie wohl recht hilflos an. Sie setzte sich neben mich und fuhr mit ihrer Hand über meinen Kopf, wie sie es vielleicht bei einem ihrer Lieblingsschüler tat, der einmal versagt hatte.

„Fahr nach Wien und sprich mit Moravec, stell ihn zur Rede."

Ihr Streicheln wurde bedeutungsvoller.

Ich schlief schlecht in dieser Nacht. Das Bett war einfach zu eng. Es gibt das zärtlich im Schlaf sich umschlingende Liebespaar wohl wirklich nur im Film.

Saskia hatte eine Zigarette geraucht, als wir entspannt auf dem Bett lagen. Sie bot mir wieder ihren Tabak an, aber ich habe zu oft im Film Männer in der gleichen Situation auf der Bettkante rauchen gesehen. Ich wollte und konnte nicht rauchen.

„Deine Spur mit dem „Amt Rosenberg" find ich ziemlich blöde." Sie drehte sich zu mir zu und schaute mich an.

„Glaubst Du im Ernst, dass nur wegen der Kultur ein Mensch verschwindet. Ich habe darüber nachgedacht ..."

Ich fragte mich, wann sie dazu Zeit gehabt hatte.

„Jemand vom Propagandaministerium bringt doch niemanden um, nur weil er sich um seine Kompetenz streitet. Du glaubst nicht, was für ein Durcheinander an Kompetenzen und Konkurrenz damals herrschte.

Wenn ich es mir genau überlege, ist es eigentlich ziemlich offensichtlich."

Sie sprach nicht weiter, sondern schaute mich nur prüfend an. Mir ging zum Glück auf, worauf sie hinauswollte. Die Konstellation war einfach zu offensichtlich, aber mit der Familie Faffner, mit dem jüdischen Emigranten, der von Kreuzhakler brüskiert worden war, mit der Schauspielerin Karin Sternthal, mit dem englischen Wissenschaftler, war es wirklich zu leicht gewesen, mich in die Irre zu führen. Ich musste nach Wien, und Moravec musste mir diesmal alles sagen, was er wusste. Er sollte mir nichts mehr verheimlichen.

Ein Anruf von Mohamad weckte uns früh. Noch keine Stunde hatte ich geschlafen, daher war ich am Telefon recht ungehalten zu ihm. Er teilte mir ziemlich umständlich mit, dass ihn gerade ein Telex aus Wien erreicht habe, worin man ihn nach meiner Telefonnummer gefragt hätte.

Den Tag verbrachte ich noch mit Saskia in Bonn, dann fuhr sie mit mir zu der Leihwagenstation, wo ich das Auto zurückgab. Sie brachte mich zum Bahnhof, wo ich ein Billet für den Oostende-Wien-Express kaufte. Kurz vor Zehn lief der Zug mit einer kleinen Verspätung in den Bahnhof ein.

XI.

Der Zug war erträglich leer. Ich hatte schon befürchtet, in einem vollen Abteil eine unbequeme und schlaflose Nacht verbringen zu müssen. In einem der hinteren Waggons, einem Zweite-Klasse-Anhänger der Belgischen Eisenbahn, fand ich sogar ein völlig leeres Abteil. Ich zog sofort die Vorhänge zu und schaltete die Deckenlampe auf Notbeleuchtung um. Der Zug setzte sich in Bewegung, und mir fiel ein, dass ich vergessen hatte Saskia zuzuwinken. Ich hoffte, sie würde mir das nicht verübeln. Nachdem ich meine Taschen in das Gepäcknetz gelegt hatte, zog ich alle Sitze so aus, dass eine ununterbrochene Liegefläche entstand. Meinen Mantel knüllte ich zu einem Kopfkissen zusammen, und ich legte mich hin. Eine der Leselampen ließ ich noch eine Weile brennen.

Bis Koblenz hatte ich vor möglichen Eindringlingen Ruhe. Einige Menschen waren auf dem Gang an meinem Abteil vorbeigegangen, hatten sich aber nicht getraut in das abgeschottete Abteil zu blicken. Die Rheinstrecke bei Nacht wollte ich mir wenigstens anschauen.

Das Rattern des Zuges war nur gedämpft zu spüren und das lauteste Geräusch war das leise Zischeln der Klimaanlage.

Der Zug fuhr in den Koblenzer Bahnhof ein. Die blecherne Lautsprecherstimme, die den Zug durchsagte, weckte mich auf. Eine grelle Bahnsteiglampe schien direkt in mein Abteil und ich zog das Rollo herunter, bevor jemand hereinschauen konnte.

Ich legte mich so platzverschwenderisch wie eben möglich hin und gab vor zu schlafen. Auf dem Gang wurden schwere Koffer geschoben und tatsächlich öffnete sich die Türe zaghaft. Unter meinen Wimpern hervor sah ich undeutlich jemanden in das Abteil blicken, aber offensichtlich wirkte meine Abschreckungstaktik und die Türe wurde wieder geschlossen. Irgendein Bahnbeamter pfiff. Draußen war es jetzt so leise, dass ich das Klacken des Geschwindigkeitsschalters in der Lok hören konnte, den der Lokführer aufdrehte. Das gleichmäßige Rattern stellte sich langsam wieder ein, nur noch ein paar Mal unterbrochen von den Weichen im Bahnhofsbereich.

Müde drehte ich mich so, dass ich bequemer lag und schloss die Augen. Mir ging die ganze Geschichte, wie ich sie Saskia erzählt hatte, durch den Kopf. Die Filmaufnahmen, die ich bei dem alten Faffner gesehen hatte, vermischten sich mit eigenen Vorstellungen.

In einem fremden Land treffen sich Menschen, die in einer Beziehung zueinander stehen. Nur einer ist der Außenseiter und damit der geborene Detektiv: Hoffmann. Sind die Indizien auch noch so fein gestreut, er spürt sie auf.

Mein Realitätssinn hätte mich schon früher warnen sollen, als ich die Tagebücher las. Mir war damals aufgegangen, dass Moravec sie bearbeitet hatte. Bei einem so berühmten und vielbeschäftigten Schriftsteller musste man das erwarten. Aber dass er vielleicht diese ganze Geschichte so hingebogen hatte, dass ich ihm ganz einfach auf den Leim gehen musste, hatte ich nicht für möglich gehalten.

Etwas schrullig war er mir erschienen, der Herr Moravec. Aber was wusste ich schon über ihn. Wahrscheinlich hatte er genau gewusst, wie ich auf ihn herunterschauen würde, und meine Eitelkeit ließ mich wie einen unerfahrenen Volontär einer Story nachspüren, die es nur in meiner Phantasie gab.

Wo ich schon einmal dabei war, mit mir ins Gericht zu gehen, suchte ich nach weiteren Fehlern. Ich richtete mich auf und lehnte mich gegen die Abteilwand. Den Mantel schob ich als Kissen hinter meinen Rücken. In dem trüben Licht fischte ich nach meiner Zigarettenschachtel, die irgendwo auf dem Polster liegen musste.

Als ich den Rauch genüsslich ausblies und einen Aschenbecher suchte, fand ich keinen, ich hatte wohl ein Nichtraucherabteil erwischt. Über mein Missgeschick musste ich lächeln.

Der Gedanke mit dem „Amt Rosenberg" schien mir nun, nachdem Saskia mich darauf aufmerksam gemacht hatte, auch nur noch ein Hirngespinst. Wegen der Kultur hatten die Nazis zwar Menschen umgebracht – aber ihre eigenen Leute, das schien mir doch übertrieben.

Ich hatte einfach übersehen, dass Rosenberg noch für etwas anderes zuständig war, als Chef des Außenpolitischen Amtes der NSDAP. Bei dem ganzen Kompetenzgerangel, an dem sich die Partei und ihre Gruppierungen, die Ministerien und Institutionen damals beteiligten, konnte man wirklich zu leicht etwas verwechseln.

Meine Hoffnung auf einen unnatürlichen Tod Kreuzhaklers, ja vielleicht sogar auf ein Kapitalverbrechen, strich ich in Gedanken aus meinem Konzept. Sie hatte sich als Irrlicht erwiesen, allerdings konnte ein aufgeklärter Mord immer noch am Ende meiner Story stehen.

Die Tagebuchaufzeichnungen Hoffmanns lagen nun vor mir, als habe ich das Verborgene in ihnen entschlüsselt. Wie ein bestimmtes Lichtspektrum eine unsichtbare Tinte deutlich auf dem Papier hervortreten lässt, so ergaben bestimmte Passagen des Gelesenen einen Zusammenhang.

In dem Sommer 1936 waren Menschen auf der Hütte zusammengekommen, zufällig die einen, aber andere waren aus ganz bestimmten Gründen dort. Warum, das lag noch im Dunkeln, aber es hatte etwas mit der Politik der Italiener und der Deutschen zu tun.

Ein Beamter des Auswärtigen Amtes ist da, der irgendwie nicht in die Berge zu passen scheint, ein Angehöriger des Außenpolitischen Amtes der NSDAP und ein Italiener, der ein enger Vertrauter von Mussolinis Außenminister ist. Dieses Zusammentreffen war weit davon entfernt, rein zufällig zu sein.

Gutgelaunt, einen Erfolg versprechenden Ansatzpunkt gefunden zu haben, entzündete ich eine neue Zigarette. Der Zug fuhr in den Mainzer Hauptbahnhof ein.

Die Stimmung war nicht anders als in Koblenz. Bei Nacht gleichen sich alle Bahnhöfe, egal wo auf der Welt sie liegen. Als der Zug über die Rheinbrücke fuhr, ließ ich das Rollo wieder hoch und schaute in die dunkle Landschaft. Ein Schaffner kam in mein Abteil und kontrollierte meine Fahrkarte. Er schnüffelte misstrauisch, aber meine Zigarette war bereits zu Ende geraucht und ohne einen offenkundigen Beweis, traute er sich nicht etwas zu sagen.

Hoffmann musste mehr gewusst haben, als Moravec mich in seiner Transkription glauben ließ. Er war ein Kind dieser Zeit gewesen und kannte die alltäglichen Kleinigkeiten in der Politik sicher viel besser als ich, der ich sie ein halbes Jahrhundert später aus irgendwelchen Geschichtsbüchern mühsam herausklauben musste. Ein Besuch bei Moravec würde das Erste sein, was ich – in Wien angekommen – unternehmen wollte.

Ich legte mich wieder hin und schlief ein, bis ich irgendwann nach vier bei der Einfahrt in den Regensburger Bahnhof aufwachte. Bis zur Grenze war ich wieder eingeschlafen und wurde vor Passau von den kontrollierenden Beamten geweckt. Die ersten waren der Bundesgrenzschutz, ich packte meine Ausweise aus und sie gaben durch Sprechfunk meine Daten durch. Dann kam ein deutscher Zöllner mit einem Hund, den er kurz in meinem Abteil schnüffeln ließ und ohne ein Wort zu sagen weiterging. Beim Einlaufen in den Bahnhof von Passau kam ein österreichischer Zöllner, der mich recht barsch nach deklarationspflichtigen Waren ausfragte. Es folgte die Ausweiskontrolle und nach der Ausfahrt kam ziemlich schnell noch der Schaffner der ÖBB.

An Schlaf war nicht mehr zu denken. Draußen war es zwar noch dunkel, aber bei jeder einzelnen Kontrolle wurde das grelle Deckenlicht eingeschaltet. Niemandem fiel es ein, es wieder auszuschalten. In der ersten Klasse hätte sich das sicher keiner von ihnen herausgenommen, das hatte ich schon öfter erlebt. Nur der österreichische Schaffner war so freundlich, aber da war es schon zu spät.

Der Name „Oostende-Wien-Express" war nur noch ein Abglanz vergangener Zeiten. Es gab seit Köln noch nicht einmal mehr einen Speisewagen im Zug. Um einen Kaffee zu trinken, musste man sich gedulden, bis so ein Mensch mit seinem Karren vorbeikam. Bei der Länge des Zuges konnte das noch einige Zeit dauern, falls der Mensch am anderen Ende des Zuges eingestiegen war. Der Express fuhr jetzt merklich gemütlicher, fast alle halbe Stunde hielt er an einer Station. Ich bekam vor Linz meinen Kaffee und war hocherfreut, dass es österreichischer war, denn was man in deutschen Zügen geboten bekam, war eigentlich nur ärgerlich.

Die Einsamkeit meines Abteils musste ich aufgeben, der Berufsverkehr ließ an jedem Bahnhof mehr Leute in den Zug strömen. Ich setzte mich ans Fenster, hängte den Mantel an einem Kleiderhaken auf und bedeckte mich mit ihm, um noch etwas Schlaf zu finden. Es war mir egal, was die kleinen Angestellten und Schüler dachten, die jetzt in dem Abteil saßen. Man sah einfach im Schlaf zu lächerlich aus, was sollte ich mich ihren Blicken preisgeben. Bis Wien döste ich vor mich hin. Ich hätte gerne noch über meine Story nachgedacht, aber meine Gedanken drehten sich im Kreis. Immer wieder stieß ich auf Moravec, der mir zwar nicht einzig, aber am schnellsten weiterhelfen konnte. Diese Zirkel ärgerten mich, und ich versuchte mich lieber an Einzelheiten in der Nacht mit Saskia zu erinnern.

Halbwegs pünktlich lief der Zug in den Wiener Westbahnhof ein. In der Zugtoilette hatte ich mich noch gewaschen und fühlte mich nun frisch. In einem Schließfach deponierte ich mein Gepäck, ich wollte direkt zu Moravec.

Die Tram fuhr mir vor der Nase weg. Also ging ich zu Fuß die Mariahilferstraße herunter. In einem Stehausschank trank ich noch einen Kaffee und blätterte in einer Ausgabe des Wiener Morgen, die ein Gast hatte liegen lassen. Die Nachrichten waren von derselben Belanglosigkeit wie jeden Tag. Ich hätte genauso gut meine Deutschlandreise nur im Traum erlebt haben können. Am Messeplatz erwischte ich eine Tram und fuhr bis in die Josephstadt. Es würde ein schöner Tag werden, aber bis die Sonne richtig schien und der graue einem blauen Himmel gewichen wäre, dauerte in Wien immer etwas länger als in anderen Städten. Ich war nicht hinter das Geheimnis gekommen und auch kein richtiger Wiener konnte mir das Phänomen halbwegs vernünftig erklären.

In dem Palais, in dem Moravec wohnte, traf ich nur die Aufwartefrau an. In seiner Wohnung reagierte niemand auf mein Klingeln. Auf mein Bitten, mich doch schon in die Wohnung hineinzulassen, reagierte sie mit einem Gezeter, das mich stark an die keifende Hausbesitzerin im DRITTEN MANN erinnerte, als die alliierte MP-Patrouille die Wohnung von Harry Limes Geliebter durchsuchte. Mir blieb nichts anderes übrig, als mich auf die kalte Marmortreppe zu setzen und zu warten. Ich entzündete eine Zigarette.

XII.

Als ich die Stiege hinaufstieg, sah ich Fischer, auf einer Stufe sitzend, eine Zigarette rauchen. Er wartete auf mich. Ich überlegte, ob ich umkehren solle, denn ich war nicht erpicht darauf, ihn so unvorbereitet zu sehen – gerade nicht an diesem Tag.

Mein Verleger hatte mich angerufen, ohne nach Fischer oder seiner Geschichte zu fragen. Er habe mir etwas Interessantes zu offerieren, und ich möge doch einfach am Morgen vorbeischauen.

Ich war wie immer zeitig aufgestanden und hatte in einem kleinen Café am Volkspark ein Frühstück eingenommen. Es war noch recht frisch in den Straßen, aber ich mag Wien am liebsten in den Morgenstunden. Ich hatte Zeit und beschloss, zu Fuß zu dem kleinen Verlagshaus am Kärntner Ring zu gehen.

Moser erwartete mich in seinem üppig ausgestatteten Büro. Seine massige Gestalt thronte hinter einem säuberlich aufgeräumten Schreibtisch. In dem Zimmer lastete die gewöhnliche merkwürdige Atmosphäre. Es mochte auf der Straße noch so warm sein, selbst im Sommer lief in dem Büro eine Heizung. Moser trug dazu solide, schwere Anzüge aus braunem Wolltuch. Er bemühte sich, seine massige Gestalt so wenig wie möglich zu bewegen, denn die kleinste Anstrengung ließ gleich Sturzbäche von Schweiß los, die er mit einem immer bereit liegenden Taschentuch kaum einzudämmen vermochte. Eine Unterredung in diesem Büro war für beide Seiten etwas Anstrengendes.

Als ich das Büro betrat, erschrak ich fast, denn Moser stand auf und begrüßte mich mit einem Handschlag, was sonst nicht seine Art war. Eine Sekretärin brachte sogleich Kaffee, und er nutzte die Gelegenheit, sich wieder schwerfällig in dem ledernen Chefsessel niederzulassen.

„Nimm Platz, Moravec." Er duzte mich, wie fast jeden seiner Autoren, als seien wir seine Kinder, dabei war er gut zehn Jahre jünger als ich. Ich setzte mich ihm gegenüber in einen bequemen Ledersessel." Moravec, ich hab Dich kommen lassen, weil ich etwas für Dich habe. Etwas ganz Spezielles. Dir auf den Leib geschrieben."

Des Öfteren war er schon mit Auftragsarbeiten an mich herangetreten, und ich wartete nun darauf, die Einzelheiten zu erfahren. Ich nahm einen Schluck von dem Kaffee.

Was er mir zu bieten hatte, hörte sich ganz vorzüglich an. Das Interessante daran war, dass es sich eigentlich erstaunlich an Fischers Geschichte anschloss. Eine Biographie sollte verfasst werden, über einen Politiker, der in den drei Epochen, der deutschen Kaiserzeit, der Weimarer Republik und dem Dritten Reich, eine entscheidende Rolle gespielt hatte. Das Buch würde im deutschen Sprachraum vertrieben werden, und die Übersetzungsrechte ins Englische und Französische seien schon im Gespräch. Moser knüpfte nur eine Bedingung an das neue Projekt, ich müsse unverzüglich beginnen.

„Aber was mache ich mit dem Fischer? Er war immerhin zuerst da." wandte ich ein. „Der Fischer", er geriet wieder ins Schwitzen, „den vergessen wir. Was Du hier geboten bekommst, ist einzigartig. Das Buch vom Fischer, das können wir ohnehin im Augenblick nicht verkaufen. Wo ich mich auch umhöre, da rät man mir ab."

Mir gefiel das nicht. Ich war es gewohnt, meine Verträge einzuhalten. Und ich gab dem Ausdruck. Mit der Folge, dass Moser noch mehr ins Schwitzen kam.

„Ich habe mir schon eine Lösung ausgedacht. Ich trete den Fischer an den Weinzierl-Verlag ab. Und für ihn ist kein Nachteil damit verbunden."

Das hörte sich schon besser an. Ich glaubte, auch in Fischers Interesse zu handeln, wenn ich mich darauf einließ. Moser gab mir Bedenkzeit. Ich möge ihn am nächsten Morgen aufsuchen, und er könne mir Näheres mitteilen. Die Angelegenheit müsse mit Diskretion behandelt werden, deutete er mir an, da in der Bundesrepublik einige staatliche Stellen einen Großteil der Auflage in Subskription zu kaufen wünschten.

Als ich die Stiege zu meiner Wohnung hinaufging und Fischer dort sitzen sah, war mir die Begegnung zu plötzlich. Auf dem Heimweg hatte ich noch über das Gespräch mit Moser sinniert. Wie ich es auch wendete, es war ein gutes Geschäft. Aber ich hatte nicht im

Geringsten daran gedacht, es ihm beibringen zu müssen, dass sein Buch erst mal gestorben war.

Ich begrüßte Fischer, als habe ich ihn erst gestern noch gesehen und gab ihm keine Gelegenheit, mir etwas vor zu klagen. Es treffe sich, dass er da wäre, denn ich hätte etwas Dringendes mit ihm zu besprechen.

In meinem Arbeitszimmer ließ ich ihn Platz nehmen, und ich verschwand in der Küche, um einen Kaffee zu bereiten. Ich hatte die Türe einen Spalt breit offen stehen lassen, so dass ich Fischer beobachten konnte. Er saß ziemlich unruhig auf seinem Stuhl, wahrscheinlich hatte er eine kleine Predigt für mich vorbereitet und ärgerte sich nun, dass ich ihm keine Gelegenheit bot, sie vorzutragen.

Der Kaffee war fertig, und ich trug zwei Tassen zu meinem Schreibtisch. Er hatte eine Zigarette entzündet und blickte sich suchend nach einem Aschenbecher um, ein wenig Asche war schon auf den Teppich gefallen. Ich half ihm aus dieser Verlegenheit.

„Fischer, ich habe Ihnen etwas zu unterbreiten. Hören Sie es sich an und entscheiden Sie sich später."

Er wollte seinen Mund zu einem Einwand öffnen, ich sah schon, wie sich ein Wort auf seinen Lippen formte, aber ich schaute ihn nur fest an und sprach einfach weiter.

„Mein Verlag kann unser Buch augenblicklich nicht veröffentlichen. Die Marktlage erlaubt es einfach nicht. So etwas kommt häufig vor. Aber Moser hat mir zugesichert, dass er sich um eine Weitervermittlung an einen namhaften Verlag mühen wird, und ich glaube, es wird ihm binnen kurzer Zeit gelingen."

Dass Moser schon alles arrangiert hatte, wollte ich mir als Schmankerl aufsparen, da ich von ihm Schwierigkeiten erwarten konnte. Doch stattdessen schaute er mich nur ungläubig an, er konnte mir fast leidtun. Vielleicht hatte ich seine mögliche Enttäuschung einfach unterschätzt. Er reagierte eine ganze Weile nicht auf das, was ich zu ihm sagte. Ich fertigte ihn ziemlich schnell ab.

„Lassen Sie sich Zeit, überlegen Sie es sich und wenn Sie noch Fragen haben, kommen Sie zu mir oder rufen Sie Moser an."

Fischer war aus der Wohnung, und ich war heilfroh darüber.

Mit Moser sprach ich noch am Vormittag und erzählte ihm, wie Fischer die Sache aufgenommen habe.

„Der macht uns noch Scherereien, das weiß ich, den kenn ich." war sein Kommentar. Aber er werde schon damit fertig, auf ihn sei Verlass. Ich hatte den Eindruck, als spräche er gar nicht mit mir. Am Nachmittag rief tatsächlich Fischer bei mir an. Er habe darüber nachgedacht, und er verstünde das alles nicht. Er beharre auf seinem Vertrag, das möge ich Moser ausrichten.

Ich gab ihm zu bedenken, dass Moser schon einen Verlag gefunden habe, zu den gleichen Konditionen sei man bereit, das Buch werde erscheinen und seine Arbeit sei also nicht umsonst gewesen. Aber es schien ihn nicht zu beeindrucken. Mir blieb nichts anderes übrig, als ihn an Moser weiter zu empfehlen. Der würde heuer ganz schön ins Schwitzen kommen, aber schließlich war das ja nicht mein Problem.

Das Mitleid überkam mich schließlich doch noch, und ich verbrachte den Rest des Tages am Telefon, um nun doch für Fischer einen Termin in dem Archiv zu besorgen. Obwohl ich, wenn ich es mir genau überlegte, es schon etwas empfindlich von ihm fand, denn ich hatte am Anfang meiner dichterischen Laufbahn mehr Unbill und Rückschläge zu ertragen gehabt. Eigentlich konnte er doch noch froh sein, wie sich alles traf. Den Termin besorgte ich ihm schließlich.

XIII.

Am nächsten Tag war ich schon zeitig wieder auf dem Weg zum Kärntnerring. Moser erwartete mich diesmal nicht alleine. Er saß hinter seinem Schreibtisch, wie gewohnt. An dem Fenster stand ein großer Mann, schlank, mit silbergrauem, aber dichtem Haar. Er trug einen feinen maßgeschneiderten dunkelblauen Nadelstreifenanzug, der ihn ganz hervorragend kleidete.

Moser lud mich zum Sitzen ein, und erst jetzt drehte der Fremde sich um.

„Guten Tag." Er kam auf mich zu und reichte mir lächelnd die Hand. „Darf ich vorstellen, der Chef des Bundespräsidialamtes, Herr Staatssekretär Dr. Freiherr von Gerstmieten." Moser schwamm bei der Schwere dieses Höflichkeitsrituals fast weg: „Dr. Molnar-Moravec, unser Autor."

„Habe die Ehre, Herr Staatssekretär." Ich schaute ihn mir bei der Anrede sehr genau an. Er hatte ein unscheinbares Gesicht, mit sehr korrekten Konturen. Sofort fiel mir eine frappante Ähnlichkeit mit seinem Onkel auf, Viktor von Gerstmieten, den ich von alten Fotos her kannte und zuletzt auf einigen vergilbten Abzügen aus Hoffmanns Nachlass gesehen hatte.

„Der Herr Staatssekretär ist der Auftraggeber unseres neuen Buches und wird Ihnen erläutern, was ihm vorschwebt." Vor lauter Aufregung siezte mich Moser sogar.

In einer kühlen, klaren Sprache legte mir von Gerstmieten seine Wünsche auseinander. Er wolle ein Buch über seinen Onkel verfasst sehen, dass das Andenken kritisch würdige, durchaus kritisch, darauf bestehe er. Er erzählte mir einige allgemein bekannte Ansichten über die umstrittene Rolle dieses Mannes im Dritten Reich, aber er tat es so umsichtig, dass ich tatsächlich begann, ihn mit neuen Augen zu betrachten.

Natürlich war es naiv von Moser gewesen, so zu tun, als wisse ich überhaupt nichts von Viktor von Gerstmietens Anwesenheit auf der Berliner Hütte im Sommer 1936. Ich hatte ihn bei Gelegenheit über Hoffmanns Tagebuchaufzeichnungen informiert. Aber ich tat ihm den Gefallen und ging auch mit keiner Silbe darauf ein.

Von Gerstmieten war vorbereitet auf unser Gespräch, und er kannte sich offensichtlich mit Schriftstellern aus. Gezielt stellte ich einige Fragen und musste feststellen, dass er nicht nur gewandt, sondern auch sehr präzise darauf antwortete. Ich gewann immer mehr den Eindruck, dass er sehr wohl ein kritisches Verhältnis zu seinem Onkel hatte und keine posthume Weißwascherei wollte. Ich hätte mich sonst nicht auf diese neue Arbeit eingelassen.

Fischer mag im Nachhinein schimpfen was er will, er hat im Wiener Morgen natürlich mein Buch verrissen, aber das berührt mich wenig. Es wurde von der Fachwelt mit großem Interesse bedacht, und tatsächlich wird gerade von „Der ewige Preuße" eine dritte Auflage gedruckt.

Der zweite Morgen nach dem Besuch im Verlag war sehr angenehm gewesen. Diesmal saß kein Fischer auf meiner Stiege und ich wusste, ich konnte ihn nun dem Verleger überlassen.

Als ich ihn noch auf Fischer angesprochen hatte, beschwichtigte er mich, er sehe keine Probleme.

„Mit dem werden wir auch fertig, das ist alles arrangiert."

Dabei hatte er von Gerstmieten, wie zu seiner Absicherung, einen Blick zugeworfen.

Natürlich machte Fischer einigen Ärger, was wohl zu erwarten gewesen war. Aber ich muss gestehen, dass Moser und ganz besonders von Gerstmieten erstaunlich souverän handelten, und alle Attacken Fischers letztendlich wie nasses Schießpulver verpufften.

XIV.

Wien ging mir auf die Nerven, mit seinen Doktoren Moravec und Magistern Moser. Der Tag, an dem ich aus Bonn zurückgekehrt war, hatte sich so bedrückend auf mich ausgewirkt, dass ich fast meine Koffer gepackt hätte.

Zum Glück tat ich es nicht, denn eigentlich war mein Urteil etwas zu pauschal, um gerecht zu sein.

Der Besuch bei Moravec und seine Eröffnung, dass es mit meinem Buch nichts würde, hatten mir den Rest gegeben, dabei war das erst der Anfang der Widerwärtigkeiten. Es war ein Schock, der mir sogar physische Pein bereitete. Mir wurde übel, und ich fühlte mich ungeheuer schwach, als Moravec aus der Küche zurückgekehrt war, und es mir in seinem abscheulichen Arbeitszimmer ziemlich kühl beibrachte. Wäre es einer der zahllosen Geschichtchen gewesen, die ich für den Morgen oder andere Blätter geschrieben hatte, mir wäre es egal gewesen. Doch diese Geschichte bedeutete mit etwas, sie war etwas Einmaliges für mich, eine Chance, endlich den Durchbruch zu schaffen, Erfolg zu haben.

Ich verließ ihn völlig resigniert und ging erst einmal in ein Beisl, um etwas zu trinken. Mir gelang es nicht, meine Gedanken halbwegs zu konzentrieren. Moravec hatte mich völlig geschafft, ich wollte nachdenken, mich ärgern, nach Fehlern suchen, aber es gelang mir nicht. Ich saß nur in dem Beisl und schaute auf mein halbvolles Glas Slibowitz.

An der Wand hing eine Reklame für eine bestimmte Marke, und als der Ober mich nach meiner Bestellung fragte, war es das erste was mir einfiel. Er schmeckte abscheulich, und nur mit Widerwillen hatte ich einen Schluck heruntergekommen. Es würde ein fürchterlicher Tag werden.

Vom Bahnhof holte ich mein Gepäck und nahm ein Taxi zu meiner Wohnung. Ich packte nichts aus, stellte nur die Taschen hin und warf mich aufs Bett. Vor lauter Elend schlief ich ein.

Es gibt Menschen, die wachen mit einem schlechten Geschmack im Mund auf, besonders wenn sie fürchterlich getrunken haben. Am Nachmittag wachte ich auf, in meinem Kopf spürte ich noch die Nachwirkungen meines Selbstmitleids. Ich hatte mich erbärmlich betragen. Wenn ich an den Besuch bei Moravec dachte, wie ich es ihm zeigte, dass ich mich fertig fühlte, wurde mir übel. Es gab einige ärgerliche Episoden in meinem Leben, aber ich hatte mich noch nie so gehen lassen.

Ich stand auf und trank einen Schluck Wasser. Dieses Selbstmitleid musste ich überwinden, es lähmte mich. Ich wollte lieber die anderen ärgern, als mich.

Also rief ich Moravec an. Er fertigte mich noch herablassender ab als am Morgen. Dass er mir nun mitteilte, gnädig wie ein Engel, dass mein Buch, zwar in einem anderen Verlag, doch erscheinen könne, schien mir nur eine abgekartete Sache. Ich wette, er hatte es schon gewusst, bevor er mich traf.

Noch bevor ich Moser anrief, erhielt ich ganz zufällig einen Hinweis. Als ich das Fernsehen einschaltete und gerade die Nachrichten liefen, während ich meine Taschen auspackte und dabei einen Kaffee kochte, kam ein Bericht über das Rotarier-Welttreffen in Wien. Man zeigte einige langweilige Beiträge aus dem Kulturprogramm, dann einige Redner. Bei einer Einstellung vom Publikum, das so belanglos wie ein Karnevalspublikum wirkte, nur teurer gekleidet und ernster, gab es eine Großaufnahme. Sie dauerte nicht länger als eine Sekunde: Moser saß fett und schwitzend auf einem viel zu kleinen Stuhl, und direkt neben ihm von Gerstmieten.

XV.

Das Telefon klingelte spät am Abend. Eine Frauenstimme meldete sich, ohne einen Namen zu nennen. Es ginge um mein Anliegen, das Archiv des Dokumentationszentrums zu nutzen. Das sei leider im Augenblick unmöglich, denn Herr Wiesenthal halte sich in den USA auf, aber ich möge gegen neun Uhr am nächsten Morgen zum Kahlenberg hinaufkommen, in das Restaurant dort.

Ich nahm die Tram bis Grinzing und erwischte gerade den Bus zum Kahlenberg. Es war eine etwas ungewöhnliche Zeremonie, aber was hatte ich für diese Geschichte nicht schon auf mich genommen.

Am Kahlenberg hielten die ersten Touristenbusse. Ich drängelte mich durch eine Reisegruppe, offensichtlich Amerikaner, und ging in das Restaurant. Ich suchte mir einen Platz, wo ich leicht zu finden war und schaute mich um. Es war noch zu früh für viel Betrieb. Nachdem man mir einen Kaffee serviert hatte, entzündete ich eine Zigarette und schaute mich um. Die Reisegruppe hatte die Aussicht genossen und kam nun herein. Eine ältere Frau, in großkarierten Hosen und mit einer Spiegelreflexkamera umhängen, löste sich von der Gruppe und kam an meinen Tisch.

„Guten Morgen, Herr Fischer. Darf ich mich setzen?"

Ich nickte ihr zu, und sie nahm mir gegenüber Platz.

„Sie müssen diesen ganzen Zirkus verzeihen, es ist fast lächerlich, aber manchmal wird man dazu gezwungen."

„Wenn es sein muss." entgegnete ich ihr. „Herr Moravec hat Herrn Wiesenthal informiert, was Sie wissen wollen. Aber leider kann er ihnen selbst nicht weiterhelfen. Ich kannte übrigens Professor Hoffmann aus Berlin, aber nur ganz flüchtig. Mein Vater war auch Professor in Berlin, an der Charité." Sie hatte einen leichten Akzent, und ich war mir sicher, dass sie in den Staaten gelebt hatte. Aber das war unwichtig, denn jetzt kam sie zur Sache.

„Es ist nicht leicht, etwas über jemanden herauszufinden, der schon 1936 gestorben ist. Er hatte ja gar keine Chance mehr, noch Schlimmeres anzurichten, Ihr Herr Kreuzhakler." Aus ihrer Handtasche holte sie einen dünnen Aktenstoß hervor. Sie legte mir einige Fotoabzüge daraus vor. Ich erkannte ihn.

„Ja, das ist er. Ich erkenne ihn. Es ist erstaunlich, wie wenig sich ein Mensch verändert, wenn er fünfzig Jahre im Eis verbracht hat."

Ich ging davon aus, dass Moravec auch etwas über die Todesumstände und vor allem das Wiederauftauchen Kreuzhaklers gesagt hätte. Sie schaute mich aber nur verständnislos an. Ganz kurz erzählte ich ihr, was ich herausgefunden hatte, auch etwas über Hoffmanns Tagebuchaufzeichnungen. Es beeindruckte sie sichtlich. Sie nahm sich eine Zigarette aus meiner Schachtel, die ich auf dem Tisch hatte liegen lassen und rauchte einige Züge.

„Wissen Sie, das ist schon komisch. Ich wünschte, Mengele oder Bormann würden plötzlich auch aus dem Eis auftauchen. Besser als gar keine Gerechtigkeit. Aber zurück zu Ihrem Herrn Kreuzhakler. Ich weiß gar nicht, ob ich Ihnen mehr bieten kann, als Sie mir.

Sie haben Recht, „Adolph Kreuzhakler" ist natürlich nicht sein wirklicher Name, das ist nur einer seiner zahllosen Decknamen. Ihr Mann heißt Friedrich Hoeffgen, ist 1888 in Solingen geboren, der Vater war ein kleiner Fabrikant. Er ging dort auf ein Gymnasium, machte sein Abitur und studierte Geschichte und Deutsche Sprache in Heidelberg. 1912 wurde er Assessor an einem Gymnasium in Danzig und trat den Alldeutschen bei. 1914 meldete er sich freiwillig. 1918 wurde er als Oberleutnant entlassen. 1919 trat er den Freikorps bei. Nach deren Auflösung war er in mehreren völkischen Geheimbünden und trat 1922 in die NSDAP und SA ein, Mitgliedsnummer 1859.

1923 war er beim Marsch auf die Feldherrenhalle dabei und wurde sogar verletzt."

Sie zeigte mir ein Foto, auf dem ich Kreuzhakler, alias Hoeffgen, in einer Marschkolonne erkannte.

„Bis 1933 wissen wir nur wenig von ihm. Wahrscheinlich war er schon damals oft in Österreich und mit dem Aufbau der Partei betraut. Dabei hatte er häufig Kontakt mit Rosenberg. 33 wurde er von ihm ins ,Außenpolitische Amt' berufen und gleichzeitig SS-

Standartenführer. Unter dem Namen Kreuzhakler hielt er sich immer öfter in der Steiermark und Tirol auf. Wir wissen, dass er – angeblich als Korrespondent einer Münchner Zeitung – im Sommer 1934 in Riccione war, als Mussolini und Dollfuß sich dort trafen. Es erschien aber nie ein Artikel von ihm.

Ende Juni 34 wurde er nach Berlin gerufen, und wir vermuten, dass er bei der Ausschaltung der SA seine Finger im Spiel hatte. Einen Monat später ist er schon wieder in Österreich, diesmal in Wien. Was er mit dem Putsch der Nazis zu tun hatte, weiß man nicht. Er hielt sich immer im Hintergrund, als eine Art Botschafter des Schreckens, überall, wo es in diesen Zeiten Mord und Totschlag gab, hinterlässt er eine Spur.

Das nächste und einzige, was wir noch wissen, ist, dass Ende Juli 1936 ein Nachruf erscheint."

Sie legte mir eine Fotokopie eines Artikels aus einer Alpenvereinszeitung vor. Es war ein ziemlich unglaublicher Artikel, ich musste sogar lachen. Überschrieben war er mit „Letzte Bergfahrt, dem Gedenken an das AV-Mitglied Standartenführer Friedrich Hoeffgen auf Edelweiß-Schutzstreife am Watzmann, abgestürzt am 18. Juli 1936".

Es las sich, als habe Kreuzhakler-Hoeffgen den Urlaub am Watzmann verbracht, und der örtlichen Bergwacht bei ihrer Naturschutzaufgabe geholfen.

„Seit Jahren kämpfen AV-Sektion" so hieß es weiter, „und die Abteilung ‚Allgäu' der Deutschen Bergwacht um die Erhaltung der bedrohten Flora unserer Heimat.

Und nun hat diese Aufgabe das größte und schwerste Opfer gefordert: In Ausübung seiner Überwachungsstreife starb am 18. Juli, vormittags 10 Uhr, den Bergtod am Watzmann unser Kamerad Friedrich Hoeffgen."

Die Frau lachte mit mir, es war unglaublich, was für eine dreiste Lügengeschichte man hier konstruiert hatte, um Kreuzhakler für sein Verschwinden auf österreichischem Gebiet ein Alibi zu verschaffen. Sein Aufenthalt auf der Berliner Hütte musste eine Mission von einiger Brisanz gewesen sein, sonst hätte man seinen Tod nicht so abwegig verschleiert. Die Beweise für Kreuzhaklers Identität als Hoeffgen hatte ich nun in der Hand. Die Verletzungen aus dem Weltkrieg, die Narben von den Schusswunden beim Marsch auf die Feldherrnhalle, die Fotos, die ihn auswiesen, das musste genügen.

Ich durfte das Material behalten und steckte es ein. Mir kam ein anderer Gedanke.

„Es ist zwar Spekulation, aber was wäre aus Hoeffgen erst geworden, wenn er länger gelebt hätte, ein KZ-Kommandant, ein Leiter einer Einsatzgruppe oder ein kühler Bürokrat des Todes?"

„Seien wir froh, dass er schon 1936 umgekommen ist und kein Unheil mehr anrichten konnte. Vielleicht gab es so eine Bestie in Menschengestalt weniger, und ein paar Menschen mehr konnten überleben." Sie zuckte mit den Schultern und stand auf. „Vielleicht finden Sie ja trotzdem auch etwas über andere Nazigrößen heraus. Dann unternehmen Sie aber nichts auf eigene Faust. Melden Sie sich im Büro von Herrn Wiesentahl. Ich hoffe, ich konnte Ihnen wenigstens etwas weiterhelfen."

Ich bedankte mich bei ihr. Sie wusste nicht, wie sehr sie mir tatsächlich geholfen hatte. Nicht nur, dass ich jetzt wusste, wer dieser dubiose Kreuzhakler war, dem ich in den vielen Wochen nachgestellt hatte. Viel wertvoller war mir, wieder einen Sinn in der Geschichte gefunden zu haben. Das Buch sollte erscheinen, egal in welchem Verlag. Irgendwie fühlte ich mich ganz persönlich in der Schuld dieser Frau. Es ging mir immer so, wenn ich einem Juden oder einem anderen Verfolgten der Nazis begegnete, ich fühlte mich schuldig. Es hatte nichts mit Kollektivschuld zu tun, denn wenn ich ganz allgemein an das Dritte Reich dachte, war es für mich etwas völlig Fremdes.

Der Weinzierl-Verlag war nicht so angesehen, er galt sogar als etwas spinnert, aber das war jetzt egal. Sollte das Buch dort erscheinen.

Ich zahlte meinen Kaffee und ging zu der Telefonzelle an der Bushaltestelle. Ich rief Moser an, und sagte ihm, ich sei einverstanden.

XVI.

In meiner Wohnung klingelte das Telefon. Ich eilte die letzte Treppe hinauf, schloss die Tür auf und hastete hinein. Es war der Wiener Morgen. Prochaska, der Chefredakteur, war selber am Apparat.

„Wo in aller Welt stecken Sie denn, Fischer? Man hat den Eindruck, als wollten Sie nichts mehr mit uns zu tun haben."

Ich murmelte eine Entschuldigung, ich sei auf Reise gewesen, es täte mir leid.

„Mir tut es auch leid, für Sie! Wir hatten einige Sachen für Sie, aber nirgends waren Sie aufzutreiben. Niemand wusste etwas von Ihnen.

Haben Sie im Augenblick dringende Registerauszüge zu lesen?"

Mir gefiel seine Art von Humor nicht, ich wollte es ihm schon immer einmal ins Gesicht sagen. Aber er gab mir keine Chance dazu.

„Fischer, wenn Sie noch mal irgendwann für uns arbeiten wollen, dann machen Sie sich frei, nehmen ein Taxi und kommen umgehend hierher."

Nachdem ich aufgelegt hatte, warf ich mich auf mein Bett und faltete die Hände hinter dem Kopf. Die Türe zum Hausflur stand noch offen, aber das störte mich nicht. Meine Wohnung war eine Mansarde und es kam selten jemand hinauf. Ich dachte nach, ob ich überhaupt noch für den Morgen arbeiten sollte, und ob ich nichts Wichtigeres zu tun hatte. Aber wenn ich an meine Geschichte dachte, fiel mir jetzt nichts ein, was ich als nächstes zu tun hätte. Was ich von der Frau in dem Restaurant auf dem Kahlenberg erfahren hatte, war so viel gewesen, dass ich noch einige Tage brauchte, um mir ein einigermaßen aufgeräumtes Bild zu machen.

Ich kramte in den Papieren, die sie mir überlassen hatte und breitete sie auf dem Bett aus. Der Nachruf fiel mir wieder ein, ich nahm ihn in die Hand und las ihn noch einmal kopfschüttelnd durch. Dann sprang ich auf, warf das Blatt aufs Bett und lief aus der

Wohnung. Auf der Straße hielt ich ein Taxi an. Ich war doch zu neugierig, was Prochaska für mich hatte.

Er empfing mich in seinem Büro. Ich hörte gerade die Telexmaschine losrattern, es war alles so, wie es angefangen hatte. Aber ich kam nicht dazu, mir darüber irgendwelche Gedanken zu machen. Ich setzte mich in einen Bürostuhl, und Prochaska kam gleich zur Sache.

„Es wurde auch Zeit, Fischer. Ich hab niemanden frei, und ich kann ein Interview haben am Nachmittag. Ein hohes Tier aus Bonn, Staatssekretär. Liefern Sie mir ein paar neue Worte zum Waldheim."

Mir gefiel das nicht. Ich bemerkte etwas Angestrengtes hinter Prochaskas Reden. Natürlich war mir klar, wer mein Interviewpartner sein würde. Er hatte das wohl gemerkt.

Und das Getue dabei, warum hatte man mich nicht direkt angesprochen. Ich hätte bestimmt sofort zugesagt. Wollte man mir zeigen, wie weit die Beziehungen reichten oder wollte man die Sache einfach nebenbei abtun? Prochaska gab mir einen Zettel. Eine Uhrzeit und die Adresse der deutschen Botschaft standen darauf.

„Ich verstehe nur nicht, warum Sie einen Deutschen daran lassen, das ist doch mehr ein Heimthema."

„Hab halt sonst niemanden, im Augenblick jedenfalls, und jetzt geh'mas. Bis später." Er nahm demonstrativ den Telefonhörer auf, und mir blieb nichts anderes übrig, als zu gehen.

Bis zu dem Termin hatte ich noch etwas Zeit und ging durch die Innenstadt. Im Café Hawelka war es mir zu voll, und ich verzog mich in den Dom. Es wurden gerade keine Reisegruppen hindurchgescheucht, und ich konnte einige Minuten völlig ungestört auf einer der alten Bänke sitzen.

Die Begegnung mit von Gerstmieten schmeichelte mir zwar, aber sie kam mir doch eher ungelegen. Ich war zu wenig vorbereitet. Aus der Affäre Waldheim hatte ich mich bisher peinlich herausgehalten und war kaum besser informiert als ein beliebiger Wiener Bürger. In der kurzen Zeit, die mir verblieb, konnte ich wahrscheinlich auch niemanden mehr erreichen, der mir ein paar Tipps hätte geben können.

Die umständliche Prozedur gab mir zu denken. Die Chancen, dass es wirklich nur um ein ganz normales Interview ging, waren minimal. Prochaska hätte sich in dem Fall kaum selbst bemüht, schließlich war von Gerstmieten kein offizieller Staatsgast mit Pomp und Umständen.

Ich hatte mir eine gewisse professionelle Souveränität für „hohe Tiere" angewöhnt und normalerweise ging auch alles glatt. Aber es hatte doch einige Fälle gegeben, wo ich ganz schön ins Schwitzen gekommen war. Ich war mir sehr unsicher, ob ich mit von Gerstmieten so leicht fertig werden würde.

Es war langsam Zeit geworden. Wenn ich pünktlich erscheinen wollte, musste ich losgehen, obwohl es bis zur Botschaft im Dritten Bezirk nicht sonderlich weit ist. Ich wollte nicht mit dem Bus oder einer Tram dorthin. Mir lag daran noch etwas Zeit, zu haben, eine kleine Galgenfrist zum Nachdenken.

Bis ich erst einmal in die Botschaft selbst gelangt war, nach allen Sicherheitschecks und Ausweiskontrollen, war ich trotz meiner Umsicht einige Minuten zu spät. Ich wurde ins zweite Stockwerk, in einen kleinen Konferenzraum geführt, man bat mich Platz zu nehmen, Herr Dr. von Gerstmieten komme sofort.

Es war ein einigermaßen hässlicher Raum. Ob der Innenarchitekt daran schuld war, oder das Botschaftspersonal selber aus Sparsamkeit den Raum eingerichtet hatte, er blieb gleich scheußlich. Er war etwa so groß wie meine ganze Wohnung, wirkte aber kleiner, da ein gewaltiger hochpolierter Eichentisch fast den ganzen Raum einnahm. Es gab nicht die geringste Spur von Glasrändern oder Staub auf ihm. Zwölf feistgepolsterte Stahlrohrsessel standen herum, mit einem tristen beigen Stoff bezogen, der sicher teuer war, aber eine Struktur wie eine pilzbefallene Baumrinde hatte. Es kostete mich einige Überwindung, mich auf diese Scheußlichkeit zu setzen. Die Wände waren bis zur halben Höhe mit dem gleichen Holz wie die Tischplatte getäfelt, darüber hingen einige kolorierte Grafiken.

Der Raum hatte keine Fenster, vielleicht war er abhörsicher, wie es ihn wahrscheinlich in jeder Botschaft gab. Das Licht kam von einer indirekten Beleuchtung, das ringsum an den Wänden hinter einer Leiste hervorstrahlte. An den Längsseiten befanden sich zwei mit Leder gepolsterte Türen, durch die eine war ich hereingekommen. An der einen Stirnseite hing in großen randlosen Rahmen eine Galerie der Bundespräsidenten und genau gegenüber war eine Fahne drapiert.

Plötzlich schaute ich mich unsicher um. Was wusste ich denn, ob dieser Raum nicht übersät war mit Abhörgeräten und Überwachungskameras. Mir lief etwas wie ein kalter Schauer den Rücken herunter. Ich stand auf und suchte nach etwas, das wie eine Wanze oder das winzige Objektiv einer Spezialkamera aussehen konnte. Vielleicht saß von Gerstmieten jetzt in einem anderen Zimmer und schaute zu, wie ich nervös wurde. Aber ich fand nichts. Mir fiel es nicht leicht, mich wieder mit dem Anschein von vollkommener Ruhe hinzusetzen.

Die Umstände des Interviews gingen mir durch den Kopf, und erst jetzt fiel mir auf, wie ungewöhnlich sie eigentlich waren. Es kam selten vor, dass man gänzlich allein mit seinem Partner gelassen wurde. Meistens war man von einem Kollegen begleitet, so dass man „good cop, bad cop" spielen konnte oder sich einfach unterstützte. Zumindest aber war ein Fotograf dabei.

Nirgendwo sah ich einen Aschenbecher, sonst hätte ich eine Zigarette geraucht. Ich schaute so gelassen wie möglich auf meine Uhr und war überrascht, dass ich gerade erst fünf Minuten alleine in dem Raum saß.

Die eine Türe öffnete sich, und von Gerstmieten trat lautlos ein, der schwere Teppichboden hatte die Schritte geschluckt. Auf Anhieb erkannte ich ihn. Gleichzeitig, wie in einer gut geprobten Inszenierung, trat durch die andere Türe eine junge Frau mit einem kleinen Servierwagen ein, auf dem zwei kleine Kaffeekannen und Tassen standen.

Es lief ab wie in einem deutschen Spielfilm. Von Gerstmieten beherrschte die Szene, er war der Herr. Seine Gesten, seine Mimik, alles war von einer demokratischen Herablassung durchdrungen. Eine Aura der Unantastbarkeit umgab ihn, in seinem maßgeschneiderten Nadelstreifenanzug. Dabei war sein Gesicht recht belanglos. Er hätte ebenso ein Bankdirektor oder ein Top-Manager sein können.

Das Interview war das mieseste, was ich meiner Laufbahn je geführt hatte, obwohl dieser Ausdruck völlig unangemessen war, denn er war es, der „führte". Ich war heilfroh, dass es nie erschien.

Mit Regierungsmitgliedern oder selbst einem ranghohen Beamten hatte ich noch nie zu tun gehabt. Darum hatte ich für die deutschen Fernsehinterviewer nie Verständnis besessen, dass sie fast immer eine so zahnlos schlechte Figur machten. Sie hatten wohl nie eine Chance, das Gespräch in eine interessante, und damit verfängliche Richtung zu lenken. Mir erging es keinen Deut besser. Was ich über Waldheim zu hören bekam, war der Querschnitt durch das Sortiment von Tageszeitungen eines gut sortierten Zeitungskiosks, oder einer Trafik wie es in Wien heißt, und kein bisschen origineller.

Es passte natürlich zu seiner Taktik, mich von Anbeginn in die Defensive zu drängen und mich dort bis zum Abschiednehmen zu halten. Ich muss gestehen, bis auf wenige Ausbrüche meinerseits, gelang es ihm perfekt.

Das Interview schien fast zu Ende. Der Kaffee war ausgetrunken, und er hatte alle weit verbreiteten Thesen vertreten, ohne selbst Stellung bezogen zu haben. Ich wartete nur darauf, dass er aufstand und mich zur Tür geleitete.

Stattdessen suchte er ein silbernes Zigarettenetui aus einer Jackentasche hervor und bot mir eine Zigarette daraus an. Es war eine teure Sorte mit ägyptischem Tabak. Für einen Augenblick schwiegen wir beide.

„Ich höre, Sie schreiben an einem Buch über die österreichische Republik vor dem Anschluss."

Er brach das Schweigen als erster.

„Nicht ganz", entgegnete ich, „es ist schon etwas Spezielleres."

Ich legte ihm aber nicht erst auseinander, um was es mir ging, da ich annahm, dass er es bereits wusste, denn warum saß ich sonst hier.

„Vielleicht kann ich Ihnen den einen oder anderen Hinweis geben." Er schaute mich durch eine kleine Rauchwolke, die er ausblies, forschend an.

„Sie wissen vielleicht, dass mein Onkel in jener Zeit in der Wilhelmstraße so etwas wie der Abteilungsleiter für Österreich war."

Sein unverhohlen jovialer Unterton ging mir auf die Nerven. Außerdem hatte ich noch immer keine Ahnung, was er von mir wollte.

„Bin ich hier, weil Sie mir etwas über einen Onkel erzählen wollen? Was wollen Sie mir bieten, den gleichen unverfänglichen Schmäh wie über Waldheim? Haben Sie mich dafür her zitieren lassen?"

Er schaute mich an, als sei ich ein vorlautes Kind.

„Vielleicht will ich Ihnen etwas über meinen Onkel erzählen. Seien Sie doch etwas verständiger."

„Und was ist der Preis für Ihre Erzählung? Sie erwarten doch etwas dafür. Soll ich Ihren Onkel zum missverstandenen Widerstandskämpfer hochjubeln?"

„Sie sollen gar nichts, Fischer. Das machen schon andere. Und der Preis? Sie haben doch bezahlt, oder ist Ihnen das noch nicht aufgegangen?"

Wieder traf mich ein erzieherischer Blick.

„Was wissen Sie denn schon über diese Zeit? Fakten aus Büchern. Aber in der größten Bibliothek finden Sie immer noch nicht annähernd ein getreues Bild. Und wenn Sie die Archive hinzunehmen, Zeitzeugen befragen, trotzdem bleibt es ein Ausschnitt. Es ist wie die Reproduktion in einem Kunstbuch. Man hat sich ungeheure Mühe gegeben, aber man sieht nie die tausend Feinheiten.

Seien Sie froh, dass ich Ihnen einige Details wiedergeben kann, die Sie vielleicht noch nicht einmal ahnen."

Nach dieser Predigt gab ich mich geschlagen. Ich lehnte mich in dem Stuhl zurück.

„Ihr Onkel war im Sommer 1936 auf einer einsamen Berghütte, weit weg von Berlin und Wien." „Riccione war auch weit weg von Rom, und trotzdem wurde dort von Mussolini Politik gemacht. Und wenn sich Begin, Sadat und der amerikanische Präsident in Camp David treffen, ist das weit weg von ihren Hauptstädten. Und wenn heute ein deutscher Bundeskanzler an seinem Urlaubsort einen österreichischen Präsidenten ganz privat trifft, ist das auch Politik."

Ich stellte mich absichtlich naiv, um ihn bei seiner erzieherischen Art etwas weiter aus der Reserve zu locken.

„Aber auf der Berliner Hütte waren kein Kanzler, kein Führer und noch nicht einmal ein Minister."

„Es existieren doch Tagebuchaufzeichnungen, die Sie gelesen haben?" In seinem Blick lag eine Warnung.

„Sie haben sich doch Fragen gestellt, Fischer, sonst säßen Sie heute nicht hier. Ich will Ihnen Antworten geben, die ich Ihnen vielleicht schuldig bin."

„Also gut", ich ging darauf ein, „was hatte der Mann aus dem Amt für Äußeres an jenen Tagen in einem abgelegen Gebirgstal zu suchen?"

„Abgelegen?" Er lächelte. „Haben Sie einmal auf die Karte geschaut? Italien liegt in Sichtweite, die Reichsgrenze war damals wenig mehr als eine Autostunde entfernt. Es war ein idealer Ort, um sich unauffällig zu treffen. In Berlin wurde die Olympiade vorbereitet. Die Wochenschauen waren voll davon. Unter der Oberfläche war der Blick auf Berlin gerichtet oder auf Wien, aber nicht auf ein abgelegenes Hochgebirgstal in Tirol.

Können Sie sich überhaupt vorstellen, was für ein Durcheinander damals herrschte? Hitler verfolgte seine Außenpolitik über die Reichskanzlei, vorbei am Außenministerium, vorbei an der Partei mit ihrem Außenamt, vorbei an Ribbentrop. Es herrschte eine ungeheure Nervosität. Keiner wusste, wen man als nächsten fallen ließ, wer seine Bedeutung einbüßen und an Einfluss verlieren würde.

Im Außenministerium hatte man es noch vergleichsweise gut, man musste nicht auf eine Aktion wie im Sommer 34 vorbereitet sein. Aber man hatte Angst, den Einfluss zu verlieren. Die meisten Beamten und Diplomaten waren schon zur Kaiserzeit im Dienst. Es gab wohl damals keinen überzeugten Nazi unter ihnen."

„Und warum waren dann von Neurath, die Staatssekretäre, Ihr Onkel allesamt in der Partei und Mitglied der SS?" wandte ich ein, erwartete aber nur eine ganz bestimmte Antwort, die auch prompt kam.

„Man wollte Schlimmeres verhindern. Die ersten Jahre funktionierte die Taktik doch, bis Hitler selbst begann, Außenpolitik zu betreiben.

In jenem Sommer waren der österreichische Gesandte in Berlin sehr oft in der Reichskanzlei und der deutsche Sonderbotschafter in Wien, Herr von Papen, beim österreichischen Kanzler Schuschnigg.

Das lief ziemlich unabhängig vom Amt für Äußeres ab. Es gab nur Gerüchte. Der Außenminister und mein Onkel befürchteten ein gleich fatales Ereignis wie 1934, als der Putsch in Wien Mussolini verleitete, demonstrativ italienische Truppen am Brenner aufmarschieren zu lassen. In der Wilhelmstraße hatte man die Bedeutung Italiens als Partner schon längst erkannt, aber Hitler und seine Helfer hatten damals Mussolini tief verärgert."

„Diesen Italiener, der in Hoffmanns in Tagebüchern vorkommt, den gab es also tatsächlich?"

„D'Aquilo, aber natürlich. Er war nicht nur der Vertraute des italienischen Außenministers, er leitete auch die Geheimdienstmission. Wussten Sie, dass noch 1939 Aktionen von den italienischen Diensten liefen, alles nur wegen dem misslichen Putsch, der mit dem Mord an Dollfuß endete?

D'Aquilo hatte damals meinen Onkel getroffen, weil man über die Vorbereitungen zum deutsch-österreichischen Abkommen zwar informiert war, aber man misstraute Hitler.

Sehen Sie, die Billigung des Überfalls Italiens auf Abessinien war erkauft mit der Einverleibung Österreichs. Die Staatskanzlei hatte das vorbereitet. Mein Onkel versorgte D'Aquilo mit seinen Informationen über den Fortgang der Verhandlungen. Von Papen, in dessen Kabinett von Neurath schon Außenminister gewesen war, hatte natürlich seinem alten Minister mehr mitgeteilt, als eigentlich geboten war. Dafür verriet D'Aquilo wichtige Einzelheiten der italienisch-deutschen Abmachungen. Beide Stellen wussten somit genauestens Bescheid."

Mich interessierten aber die diplomatischen Dimensionen wenig, über Kreuzhakler hatte ich noch kein Wort erfahren.

„Und Kreuzhakler, oder Hoeffgen wie er wirklich hieß, was war seine Mission oder war es nur ein Urlaub?"

„Mein Onkel wusste ihn selbst nicht recht einzuschätzen. Hoeffgen hatte bei der Ausschaltung der SA seine Finger im Spiel gehabt. Er war in Rosenbergs Außenpolitischen Amt und schlug sich schon auf die Seite Ribbentrops.

Überhaupt war mein Onkel sehr überrascht, auf der Hütte fast nur Deutsche anzutreffen. Damals gab es ziemlich strenge Devisenverordnungen, die eigentlich hätten sicherstellen müssen, dass man sich unauffällig treffen konnte. Stattdessen war eine Gesellschaft versammelt, in der sich fast jeder kannte.

Aber für Hoeffgen muss es am peinlichsten gewesen sein, denn fast jeder kannte seinen wirklichen Namen, vielleicht bis auf diesen Hoffmann."

Er bot mir wieder eine Zigarette, nahm selber eine und für einige Sekunden verschwammen seine Gesichtszüge hinter einer Rauchwolke.

„Mein Onkel hielt es für wahrscheinlich, dass er für Ribbentrop ausspionierte und einfach auf der falschen Fährte war. Er erzählte mir einmal, dass er damals sogar in dem englischen Geologen einen Secret-Service-Agenten vermutete. Wie Sie sehen, war diese einsame Berghütte ein Knoten in einem Netz, gesponnen aus den Fäden der Weltpolitik."

Er schaute zum ersten Mal während des ganzen Gesprächs auf seine Uhr. Er musste ein perfektes Timing beherrschen.

„Sie sollten sich vielleicht mit dem Herrn Molnar-Moravec in Verbindung setzen, er schreibt gerade ein Buch über meinen Onkel und sein Leben als Diplomat."

Damit war das Gespräch beendet. Er stand auf und geleitete mich zu der Tür.

„Leben Sie wohl, Herr Fischer und viel Erfolg mit Ihrem Buch."

XVII.

In der Metternichgasse vor dem Botschaftsgebäude stand ich, und die Begegnung kam mir schon sehr unwirklich vor, obwohl ich noch vor Sekunden in einem der Räume mit von Gerstmieten gesessen hatte. Was er mir über seinen Onkel erzählt hatte, beschäftigte mich überhaupt nicht.

Ich kam mir in diesem Diplomatenviertel fremd vor. Wahrscheinlich wurden hinter den soliden Mauern noch immer Intrigen gesponnen, bei denen man nie wusste, ob sie aus kleinlichen menschlichen Motiven erwuchsen, oder ob es um große weltpolitische Entwürfe nur um ihrer selbst willen ging. War es wirklich der Wille, ‚Schlimmeres zu verhüten‘, der einen von Gerstmieten bewegt hatte, als er sich immer weiter korrumpierte oder hatte ihn schon immer nur die Macht motiviert, von der er nun nicht lassen wollte, und für die er immer weiter nachgab.

Es war schon erschreckend, daran zu denken, was abseits der Öffentlichkeit ablief. Wie mochte es erst Hoffmann damals ergangen sein, als er auf der Berghütte mit ansehen musste, wie man in Berlin, Rom und Wien daran arbeitete, eine Falle zu konstruieren, die auch ihn ganz persönlich betraf, und aus der er nicht mehr entkommen konnte. Zu weit war das Werk schon gediehen.

Ich fühlte mich ziemlich elend und ging in ein nahe gelegenes Kaffeehaus, in dem es um diese Zeit immer voll war. Das lärmende Gedränge würde mich ablenken. Hingegen fand ich eine völlig andere Art der Ablenkung.

Während ich zwischen eine laut plärrende Gruppe arabischer Studenten geraten war und unkonzentriert in einer englischen Zeitung blätterte, sah ich Vraniki, den Sportredakteur vom Wiener Morgen, eintreten. Ich hatte ihn, als das Fernschreiben mit der Fundmeldung einer Leiche hereintickerte, mit einem müden Witz abgespeist. Er sah mich gleich und drängte sich durch meine Nachbarn zu mir herüber.

„Servus, der Herr Fischer, habe die Ehre, küß die Hand, lange nicht gesehen."

Wir duzten uns schon seit einiger Zeit, trotzdem begrüßte er mich gewöhnlich sehr formell. Aber alles was er sagte, hatte einen feinen sarkastischen Unterton, so dass sein Überschwang nichts bedeutete.

„Der Herr ist wieder im Lande, wie man schaut. Der hochverehrte Schriftleiter Prof. Prochaska scheint Dich bitter gesucht zu haben. Ich glaube, morgen wär Dein Steckbrief auf der Titelseite erschienen. Was hat er wohl ausgefressen, der Herr Fischer?"

„Nichts hat er ausgefressen, man hat ihn nicht gelassen. Man hat den Braten gerochen und das Gericht für zu ordinär befunden. Stattdessen hat man mir Feinkost aufgetischt."

Ich weiß auch nicht, warum ich ihm überhaupt von der ganzen Geschichte erzählte, denn er war eigentlich der letzte, der mir überhaupt weiterhelfen konnte. Es wurde überhaupt etwas absurd, denn mein anderer Tischnachbar bemühte sich, ein Gespräch über Philosophie anzubahnen, und um nicht unhöflich zu sein, führte ich schließlich zwei Gespräche zur gleichen Zeit.

Vraniki überraschte mich mit der Frage, warum ich noch nicht selbst ins Zillertal gefahren sei, um mir alles mal genau anzuschauen. Sein Vorschlag kam mir zuerst ziemlich dumm vor, denn eine Auflösung der merkwürdigen Todesumstände des Nazis glaubte ich, wenn, dann in einer der Metropolen Berlin, Wien oder Rom, vielleicht sogar erst in Washington oder London zu finden. Bevor ich einen Einwand formulieren konnte, sprach er weiter.

„Ich war schon öfter dort, auch auf der Berliner Hütte. Vor sechs Wochen habe ich den Schwarzenstein bestiegen und den Olperer. Dabei bin ich auch im Gletschergebiet des Hornkees gewandert und habe dort eine ganz seltsame Hütte, fast eine kleine Festung, gefunden. So martialisch, mit Stacheldraht, Verbotsschildern, Warnungen wie ʻLebensgefahr' oder ʻSelbstschussanlage'. Ganz eigenartig."

Mir fiel die Hütte ein, die Hoffmann in seinem Tagebuch beschrieben hatte und ich bat Vraniki, mir mehr zu erzählen. Leider wusste er nicht allzu viel. Beim Hüttenwart hatte er in Erfahrung gebracht, dass sich dort wohl ein ehemaliger Nazi im Sommer versteckt hielt, weil er glaube, der israelische Geheimdienst wolle ihn entführen. Aber der Hüttenwart habe ihn nur als Spinner abgetan.

Um ein Haar hätte ich meine Kaffeetasse aus der Hand fallen lassen. Ich erinnerte mich ganz gut an die betreffende Stelle in dem Tagebuch. Es ging nicht viel aus ihr hervor, einzig dass es ein merkwürdiger Mensch gewesen sein musste, der sich dort aufgehalten hatte, ein Bayer mit einer verschlissenen SA-Mütze und einer scheinbaren Vorliebe zur Einsamkeit.

Ich konnte es kaum glauben, dass dieser Mensch vielleicht noch immer dort lebte. Vraniki wusste immerhin noch, dass er kein Österreicher war.

XVIII.

Ich fuhr mit dem Alpenrhein-Express über Nacht nach Tirol. Es war kein Korridorzug und ich schlief, bis auf die Fahrkartenkontrolle, ungestört, bis der Zug in den Innsbrucker Bahnhof einfuhr. Ich hatte Glück und erwischte einen Anschlusszug nach Jenbach. Dort hatte ich die Wahl, mit einem Bus ins Zillertal zu fahren oder eine Stunde auf einen Dampfzug zu warten.

In einem nahe gelegenen Gasthof trank ich einen Kaffee und schaute dem Betrieb in dem Bahnhof zu. Eine kleine Dampflok zog mehrere Waggons auf das Schmalspurgleis, ließ eine große Wolke weißen Dampfes ab und hielt mit lautem Quietschen am Bahnsteig. Auf den Hauptgleisen fuhr langsam ein schwerer Güterzug mit einer Elektrolok, deren Baureihe schon in den dreißiger Jahren existierte, und wenn ich bei den Container-Anhängern die Augen kurz schloss, konnte ich mir um fünfzig Jahre zurückversetzt in der Zeit vorkommen.

Ein leichter Regen setzte ein, und ich schlenderte zum Bahnhof zurück. Kaum jemand schien mit meinem Zug fahren zu wollen, und ich fand einen Anhänger mit Holzbänken, der noch gänzlich leer war. An den kleineren Stationen stiegen nur einige Einheimische zu. Eine Stunde brauchte der kleine Zug, aber diese wacklige Reise gefiel mir, denn ich konnte mich weiter in die dreißiger Jahre zurück spinnen. Am Endbahnhof in Mayrhofen warteten schon die Autobusse der Alpenpost in die Seitentäler. Es waren allesamt noch altertümliche Busse mit langen Kühlerhauben, geschwungenen Kotflügeln und aufgesetzten riesigen Scheinwerfern.

Es war eine etwas umständliche Fahrt, denn an der Endstation des Busses musste ich im Regen auf einen Kleinbus des Alpengasthofs Breitlahner warten. Vraniki hatte mir einen Rucksack, einen Anorak und Bergsteigersachen geliehen, nur eine Kniebundhose hatte ich abgelehnt. Der Kleinbus kam schließlich. Halb durchnässt stieg ich ein.

Der Alpengasthof Breitlahner lag direkt am Talhang, umgeben von hohen Zirbeln. Er sah ungefähr so aus, wie ich ihn mir auch vorgestellt hatte. Allerdings führte jetzt eine asphaltierte Straße an ihm vorbei, talaufwärts. Ursprünglich wollte ich dort übernachten. Aber in der Gaststube traf ich ein Hamburger Ehepaar, das noch auch auf die Berliner Hütte und mit ihrem eigenen Wagen so weit wie möglich hochfahren wollte. Ich schloss mich ihnen an.

Den Weg, den Hoffmann gewandert war, fuhr ich nun bequem fast zur Hälfte hinauf. Mit der Straße hatte der Weg an Interesse für mich verloren, denn man konnte sich nur sehr schwer vorstellen, wo er früher hergeführt hatte.

Der weitere Aufstieg war recht enttäuschend. Ich hatte das Ehepaar vorangehen lassen, da ich keine Lust auf Gesellschaft verspürte, indem ich vorgab, mit meinen Schuhen sei etwas nicht in Ordnung. So konnte ich ungestört die Landschaft betrachten, von der allerdings das meiste hinter Wolken lag. An einer Talwand erkannte ich zwei große Wasserfälle, aber sie hoben sich in dieser grauen Szenerie kaum von den Felswänden ab.

Die Berliner Hütte enttäuschte mich nicht, und es war erstaunlich, wie wenig sich in ihr verändert hatte. Es waren kaum Gäste da und ich versuchte Hoffmanns Zimmer 26 zu bekommen. Aber irgendwann hatte man wohl alle Zimmer umnummeriert und ich war schließlich in einem völlig anderen Trakt untergebracht. Der Hüttenwart hieß auch Kröll, war etwa vierzig Jahre alt, und es stellte sich heraus, dass er ein Sohn des damaligen Hüttenwarts war.

Das Zimmer hatte ein Fenster mit Blick auf den Hornkees. Es war etwas rumpelig eingerichtet, offensichtlich waren die Vorhänge und Lampenschirme, die Möbel und der Waschkrug aus der Zeit vor dem Ersten Weltkrieg.

Der Speisesaal hatte sich auch nicht verändert, zumindest fiel mir nichts zu Hoffmanns Beschreibungen auf, und ich aß dort zu Abend.

Das Wetter hatte sich nicht gebessert, es regnete beharrlich vor sich hin. Nach dem Frühstück zog ich den Anorak an und hoffte, so bei meiner Wanderung zu dem Gletscher halbwegs trocken zu bleiben. Aber nach zehn Minuten spürte ich schon die Nässe durch den Stoff dringen. Ich ging schneller, um nicht zu frieren.

Der Hüttenwart hatte mir erzählt, dass der Mann, den ich aufsuchen wollte, wohl in seiner Hütte sei. Aber er war merklich verlegen, als ich ihn danach fragte.

Der Weg zog sich durch das Moränenfeld, er stieg nur langsam an. Er ging kaum einige Meter gerade, da er sich oft an rundgeschliffenen Steinbrocken vorbeischlängelte. Dann führte er an einen Gletscherfluss und lief parallel zu ihm. Einige gelbe Blumen, die ich nicht kannte, wuchsen vereinzelt zwischen den Steinen. Ansonsten sah ich nur rostrote Flechten, die Steine an den Wetterseiten überziehend.

Vom Hüttenwart hatte ich auch erfahren, dass die Hütte, die ich suchte, nicht an diesem Hauptweg lag. Er hatte mir beschrieben, wo ich abbiegen musste. Regentropfen fielen mir in die Augen und man konnte in dieser grauen, eintönigen Landschaft kaum etwas unterscheiden. Ich nehme an, ich hatte die Abzweigung verpasst, denn nach einer Wegbiegung stand ich unmittelbar vor dem grauen, dreckigen, steinübersäten Eis des Gletschers. Hier irgendwo hatte man wohl die Leiche Kreuzhaklers gefunden.

Ich stieg an einer ungefährlich aussehenden Stelle ein wenig auf den Gletscher, mit der Hoffnung, die Hütte in dem Karr zu entdecken. Aber die Sicht war zu schlecht. Halbwegs parallel zu dem Weg kletterte ich über die Felsbrocken wieder talabwärts. Es war sehr anstrengend, denn ich musste immer wieder an den Steinen herunterrutschen, da oft solche Abstände zwischen ihnen waren, dass ich mich nicht zu springen getraute.

Fast hätte ich die kleine Steinhütte verpasst, es war eher Zufall, dass ich sie noch erkannte. Sie war aus den Steinen, die es hier gab, gebaut und fiel daher nur bei sehr genauem Hinsehen auf.

Zwischen einigen riesigen Findlingen, wo zufälligerweise ein kleiner Platz entstanden war, hatten im Ersten Weltkrieg österreichische Soldaten eine Stellung gehabt. Aus diesen Überresten bestand wohl der Hauptbau. Die Hütte selbst war etwa fünf Meter lang, kaum drei Meter breit und sehr flach gebaut, dass man in ihr wahrscheinlich nur so eben stehen konnte. Das Dach war mit flachen Steinen gedeckt, die wohl jemand mühsam aus den umliegenden Brocken gespalten hatte. Mit diesem Dach hob sie sich kaum von der Umgebung ab. Wenig mehr als einen halben Meter von den Wänden weg war eine mannshohe Mauer aufgeschichtet. An einer Längsseite gab es eine starke, grau gestrichene Holztüre. Die Mauer selbst war mit einer dreifachen Reihe Stacheldraht bewehrt. An den Mauern und der Türe hatte jemand Warnschilder angebracht. Sie waren aus gelbem Blech angefertigt und wirkten wie ein Fremdkörper in der grauen Umgebung. An dieser kleinen Hütte wirkten die Aufschriften lächerlich, „Selbstschussanlage", „Lebensgefahr" oder „Bissiger Hund".

Ich ließ mich von ihnen jedenfalls nicht beeindrucken und zog mich an der Mauer hoch. Durch den Stacheldraht hindurch konnte ich einige winzige Fenster erkennen. Die Holzläden standen offen.

Ein Stein, auf dem ich Tritt gefasst hatte, löste sich aus der Mauer und fiel zu Boden. Aber nichts rührte sich.

Ich sprang wieder herab und versuchte die Türe, aber sie war abgeschlossen. Um vielleicht etwas besser erkennen zu können, was in der kleinen Hütte war, stieg ich wieder auf die umliegenden Felsbrocken. Es war etwas mühsam und kostete mich einige Verrenkungen, bis ich durch die Fenster etwas erspähen konnte. Aber ich glaubte eine Bewegung wahrgenommen zu haben. Dann tat ich etwas sehr Törichtes. Von einem Stein, der nur etwa zwei Meter von dem Dach entfernt lag, setzte ich zum Sprung an. Mit einem Bein blieb ich in dem Stacheldraht hängen, hatte aber so viel Schwung, dass nur die Hose zerriss, und ich schließlich auf dem Steindach landete. Ich reagierte zu spät und konnte mich nirgends mehr festhalten. Mit mir lösten sich einige der Steine, und ich rutschte von dem Dach herunter und fiel unsanft in den kleinen Zwischenraum zwischen der Hütte und der Mauer. Einer der losen Steine traf mich an der Schulter.

XIX.

„Was soll das? Das hier ist Privatbesitz", herrschte mich eine Stimme an. Ich war noch von dem Sturz benommen, stammelte eine Entschuldigung, während ich mich aufraffte. Sonst wäre ich bei dem Klang des berlinerischen Akzents enttäuscht gewesen. Es war Zufall und keine Geistesgegenwart, die mich die eine Visitenkarte aus dem kleinen Stapel in meiner Tasche ziehen ließ.

Ein Journalist des Chicagoer Tribune hat sie in einem Wiener Kaffeehaus liegenlassen, Arthur M. Weintraub.

Zu meinem Glück hatte der Mann, der mir gegenüberstand, nichts von dem urbösen Nazi, wie der ehemalige KZ-Arzt in dem Film Marathon-Man, wie Lawrence Olivier ihn verkörpert, denn dann wäre es wohl das Dümmste gewesen, was ich hätte tun können.

Der Schreck fuhr ihm buchstäblich in die Glieder, er zuckte, als er auf die Karte schaute, wie unter einem Elektroschock zusammen.

„Kommen Sie herein", er führte mich zu einer niedrigen Türe und ließ mich in die Hütte eintreten.

Er war kleiner als ich, leicht untersetzt und trug typische Bergsteigerkleidung, Kniebundhose, kariertes Hemd, rote Strümpfe mit Zopfmuster. Ich schätzte ihn auf etwa siebzig Jahre, er sah aber jünger aus. Er hatte ein rundliches, von der Bergsonne gebräuntes Gesicht. Der freundliche Gesichtsausdruck wollte nicht zu seiner Vergangenheit, von der ich nur wenig, aber Übles erfuhr, passen. Er hätte ein beliebiger liebevoller Großvater sein können. Einzig um seinen Mund lag ein befremdlicher Zug. Ihn mit „grausam" zu beschreiben, wäre übertrieben gewesen, „streng" zu harmlos. Ich konnte kein passendes Wort dafür finden.

Während ich ihn betrachtete, dachte ich darüber nach, wie ich mich verhalten sollte. Der bayerische SA-Mann war er nicht, aber wenn er in dieser Hütte hauste, und Vraniki und der Hüttenwart

171

mit ihrer Behauptung Recht hatten, konnte er vielleicht doch irgendetwas wissen.

„Ich bin nicht Ihretwegen hier." brachte ich mit einem breiten amerikanischen Akzent hervor, der in dieser Situation kindisch war, denn ihm wäre es wahrscheinlich auch nicht aufgefallen wenn ich mein reinstes Hochdeutsch gesprochen hätte, dass ich nicht der jüdisch-amerikanische Journalist war.

Ich einigte mich mit ihm, dass er mir alles erzählte was, er mit dieser Hütte zu tun gehabt hatte, aber nichts über seine sonstige Vergangenheit. Das war ein Fehler, denn seine Story wäre sicher noch interessanter als die von Kreuzhakler.

Er stellte sich mir als Manfred Schieberg vor und zeigte mir einen argentinischen Pass, der auf diesen Namen ausgestellt war.

„Ich war 1935 als junger SS-Offizier dem SD zugeteilt worden. Die Abteilung, in der ich arbeitete, war zunächst nur für die Überwachung der Auslandsorganisation der Partei zuständig. Aber es ging sehr schnell, dass wir auch die Parteistellen beobachteten, die für Auswärtige Angelegenheiten zuständig waren. Himmler versuchte, in das Außenministerium immer mehr SS-Leute einzuschleusen. Aber damals hatten wir dort nichts zu sagen. Von Neurath, Weizsäcker und die anderen Berufsdiplomaten waren zwar formell auch in der SS, aber die zählten für uns nicht.

Sie können sich nicht vorstellen, wie verworren damals die Politik war. Jeder versuchte so viel Macht und Einfluss wie möglich an sich zu reißen. Dabei führten sich die so genannten großen Männer wie die Kinder auf. Nur in unserem Amt herrschte Klarheit.

Die Österreichfrage war der reinste Wirrwarr. Hitler machte seine Außenpolitik über die Staatskanzlei und den außerordentlichen Gesandten von Papen in Wien. Der Außenminister von Neurath versuchte so viel Einfluss zu behalten wie möglich und bemühte sich um den Duce. Und um seinen Posten buhlten bereits Rosenberg mit seinem ‚Außenpolitischen Amt' und Ribbentrop, ohne zu merken, dass es stetig an Einfluss verlor.

Und wir standen vor diesem scheinbaren Durcheinander."

Ich hörte interessiert zu, aber das meiste hatte ich längst aus Geschichtsbüchern erfahren.

„Aber was hatte Ihr Parteigenosse und SS-Offizierskollege Hoeffgen, oder Kreuzhakler, wie er sich hier nannte, damit zu tun?"

„Der war ein ehrgeiziger Mensch gewesen, schon immer. Er war damals eine Art Vorgesetzter von mir."

Er bedachte mich mit einem abfälligen Lächeln.

„Standartenführer Hoeffgen war im Sommer 36 ins Zillertal gefahren, weil unser Amt das Außenministerium verdächtigte, an Hitler und seiner Reichskanzlei vorbei, die Österreichfrage auf ihre Art zu lösen. Von Gerstmieten, als zuständiger Referatsleiter, traf sich auf der Berliner Hütte mit dem Adjutanten des italienischen Außenministers, um sich mit ihm über bestimmte Dinge zu verständigen. Das war unsere Information.

Die Wilhelmstraße hatte wohl herausbekommen, dass Hitler persönlich, über den Sonderbotschafter von Papen, ein Papier aushandelte, das Österreich langsam aber sicher dem Reich völlig unterordnen sollte. Auch darüber wollten sich die beiden Abgesandten verständigen. Der Duce war natürlich besorgt. Sie wissen ja, wie er zwei Jahre zuvor beim Putsch in Wien reagiert hatte, er ließ seine Truppen am Brenner aufmarschieren und behandelte Hitler wie ein böses Kind.

Von dieser Mission kam Hoeffgen nicht zurück. Das spurlose Verschwinden versetzte uns natürlich in Alarmbereitschaft. Wir vermuteten, der italienische Geheimdienst stecke dahinter. Ich fuhr nach Tirol, um zu ermitteln."

Schieberg kam im Zillertal an, als öffentlich das deutsch-österreichische Abkommen bekannt gegeben wurde. Kurioserweise nannte man es „Gentleman-Agreement", obwohl eigentlich auf keinen der Unterzeichner, weder Schuschnigg noch Hitler, dieses Wort zutraf, aber Papier ist ja bekanntlich geduldig.

Auf einem kleinen Herd setzte Schieberg einen Wasserkessel auf und bereitete einen Tee. Mich fröstelte in der Hütte und ich nahm gerne eine Tasse. Wir hatten beide in der niedrigen Stube gestanden, was für mich sehr unbequem war. Zudem schmerzte mein Bein von dem unglücklichen Sturz auf dem Dach. Er lud mich zum Sitzen ein.

Die Hütte war spärlich, aber praktisch eingerichtet. Eine kleine

Küche mit einem Tisch und einer Eckbank, auf der vier Menschen Platz hatten, nahm die eine Hälfte der Hütte ein, die andere trennte eine Holzwand, und ich vermutete dahinter den Schlafraum. In dem Steinboden war eine Klappe, die zu einem kleinen Keller führte, eingelassen. Nachdem der Tee fertig war und wir jeder eine dampfende Tasse in der Hand hielten, setzte er seine Erzählung fort.

„Es war nicht ganz leicht für mich. Alle Gäste, die mit Hoeffgen auf der Berliner Hütte gewesen waren, fand ich abgereist. Ich hatte mir vorgenommen, die Reichsdeutschen noch verhören zu lassen.

Dann fand ich aber diese Hütte. Hier hatte sich tatsächlich Röhms Ordonanz versteckt. Aber Ihr Amerikaner interessiert Euch nur für den Holocaust. Ihr ahnt ja nicht einmal, was sonst alles geschah."

Wir nahmen beide einen Schluck Tee. Er schwieg für einen Augenblick. Ich hatte keine Ahnung, an was er in dem Augenblick dachte. Zu meinem Glück erzählte er einfach weiter, ohne Rücksicht auf meine vermeintlichen Geschichtskenntnisse.

„Hoeffgen war bei der Ausschaltung der SA persönlich dabei gewesen, und es war bekannt, dass er zu denen gehörte, die den Stabschef-SA noch lebend gesehen hatte. Der Verdacht lag nahe, dass dieser SA-Mann, der hierher geflohen war, Hoeffgen aus Rache umgebracht hatte.

Ich nahm diesen jungen Mann, ich erinnere mich nicht mehr an seinen Namen, mit nach Berlin. Dort hat er dann ein Geständnis abgelegt. Wenn ich mich recht erinnere, hat er gesehen, wie der Obergruppenführer auf Bergtour ging und ist ihm nachgeschlichen. An einer schwierigen Stelle, so gab er an, habe er ihn mit seinem Eispickel von hinten erschlagen und auf den Gletscher fallen lassen."

„Aber warum stand davon nichts in den Zeitungen, damals?" wandte ich ein." Soweit ich mich erinnern kann, war es die Auffassung des SD, des Reichsführers und von Dr. Goebbels, dass es besser sei, die Zusammenhänge mit der Ausschaltung der SA zu verschweigen. Dann kam natürlich hinzu, dass es in der Auslandspresse sicher Spekulationen gegeben hätte, ob nicht ein italienischer Geheimdienst, die Österreicher oder eine Rivalität zwischen deutschen Stellen zu dem Mord oder Unglück geführt haben mochten."

XX.

Das Wetter hatte sich am Nachmittag rapide verschlechtert. Schieberg empfahl mir aufzubrechen und begleitete mich noch ein Stück des Weges. Die Wolken sanken, und es fiel mir nicht leicht, den Weg zu finden. In dem Nebel hörte ich plötzlich eine Glocke. Es gab sie wohl noch immer, diese Einrichtung, um die Wanderer sicher zu der Hütte finden zu lassen. Und ich spürte an mir, wie dankbar ich war, als ich die enge Holzbrücke erreichte und das Gebäude schemenhaft vor mir liegen sah. Bis zum Abendessen hatte es noch etwas Zeit und ich ging auf mein Zimmer. Ich war zu müde, um an die Begegnung zu denken.

Es war Abend geworden. Um die Berliner Hütte pfiff ein kalter Wind, der einzelne Schneeflocken vor sich her trieb. Ich saß in dem gewaltigen Speisesaal beim Kaffee.

Erst nach dem exzellenten Essen dachte ich wieder an den Mann in der kleinen Hütte. Man musste schon die Einsamkeit lieben oder andere starke Gründe haben, um es in dieser unwirtlichen Gegend auszuhalten.

Schieberg war der erste Nazi, wirklich böse Nazi, der mir leibhaftig und bewusst begegnet war. Eigentlich hätte ich ihn noch so unendlich viel zu fragen gehabt, nicht nur über die Geschichte mit Kreuzhakler. Ich habe nie erfahren, wer er wirklich war und welche Verbrechen er begangen hat. Nach meinem Besuch ist er angeblich verschwunden. Vraniki erzählte mir später, dass die Hütte ausgebrannt sei.

Was der ehemalige SD-Agent mir erzählt hatte, war nicht ganz glaubwürdig. Die Mordgeschichte mit dem Eispickel passte nicht zum Obduktionsbericht, denn der Hinterkopf Kreuzhaklers war kaum verletzt. Das hatte ich mit eigenen Augen gesehen. Vielmehr war es das Gesicht, das durch eine Wunde entstellt war. Der bayerische SA-Mensch musste ihn, wenn überhaupt, frontal angegriffen haben. Das war schon möglich. Wenn ich mir das Geschehen vorstellte, schauderte es mich. Jemanden mit einem spitzen Eispickel ins Gesicht zu schlagen, da gehörte schon einige Brutalität zu. Das hatte nicht einmal Trotzkis Mörder gewagt. Andererseits konnte Schieberg sich einfach falsch erinnern. Es lag so viele Jahre zurück und wer weiß, was für Verbrechen und brutale Ereignisse dazwischen lagen. Das Geständnis besagte nicht viel. Selbst in unseren zivilisierten Zeiten und Breiten kommt es häufig genug vor, dass ein Tatverdächtiger einen Mord gesteht, den er gar nicht begangen hat. Die Kriminalgeschichte war voll von diesen Justizirrtümern. Vielleicht steckte wirklich ein Geheimdienst dahinter, und man hatte die Tat einfach vertuscht. Ausschließen konnte ich das nicht. Doch die Beweise zu dieser Hypothese hätte ich noch viel weniger finden können.

Vielleicht war es einer der Gäste gewesen, und das Motiv war rein privater Natur.

Ich rauchte eine Zigarette, trank einen Schluck von dem heißen Kaffee und schaute mich in dem Speisesaal um. Draußen tobte ein scheußliches Wetter. Wenn ich mich recht entsann, dann saß ich heute ziemlich genau an Hoffmanns Platz. Was mochte er damals gewusst oder geahnt haben? Je mehr ich an meine ganze Arbeit dachte, umso unsicherer wurde ich. War ich wirklich der Wahrheit auf die Spur gekommen? Vielleicht saß jetzt, gemütlich in seiner Wiener Wohnung, Moravec und kannte einzig die wahre Lösung. Langsam stieg in mir der Verdacht auf, dass alle anderen mehr wussten als ich.

Ich stand auf. Die Kaffeetasse nahm ich mit ans Fenster und schaute in die Dunkelheit hinaus. Mit dem Toten war viel Schutt ins Tal gekommen in diesen fünfzig Jahren, die es zu seinem Wiederauftauchen in der Welt gebraucht hatte. Aber vielleicht war es mir doch gelungen, ein ganz klein wenig Ordnung in das Chaos gebracht zu haben.